老聃和他的食铁兽

杨启云 著

新 星 出 版 社　NEW STAR PRESS

图书在版编目（CIP）数据

老聃和他的食铁兽 / 杨启云著 . -- 北京：新星出版社，2020.11
ISBN 978-7-5133-3321-4

Ⅰ.①老…　Ⅱ.①杨…　Ⅲ.①科学幻想小说—中国—当代　Ⅳ.① I247.5

中国版本图书馆 CIP 数据核字（2018）第 273770 号

老聃和他的食铁兽

杨启云　著

策　　划：谢　斌　杨成春　朱　鹰
责任编辑：汪　欣
特约编辑：洪　与　姚小红　莫金莲　刘德华
责任印制：李珊珊
装帧设计：刘青文

出版发行：新星出版社
出 版 人：马汝军
社　　址：北京市西城区车公庄大街丙 3 号楼　100044
网　　址：www.newstarpress.com
电　　话：010-88310888
传　　真：010-65270449
法律顾问：北京市岳成律师事务所

读者服务：010-88310811　service@newstarpress.com
邮购地址：北京市西城区车公庄大街丙 3 号楼　100044

印　　刷：北京天恒嘉业印刷有限公司
开　　本：890mm×1240mm　1/32
印　　张：6.25
字　　数：100 千字
版　　次：2020 年 11 月第一版　2020 年 11 月第一次印刷
书　　号：ISBN 978-7-5133-3321-4
定　　价：35.00 元

版权专有，侵权必究；如有质量问题，请与印刷厂联系更换。

目 录

- 001　第一章　夜　访
- 021　第二章　受　命
- 039　第三章　偶　遇
- 056　第四章　初　窥
- 076　第五章　入　彀
- 095　第六章　脱　困
- 113　第七章　入　关
- 131　第八章　留　书
- 149　第九章　西　行
- 167　第十章　死　地
- 190　尾　声

第一章 夜 访

非三在地上打了一个滚,顺势在左边抓了一支箭竹,塞到嘴里,他的牙齿咬合到一半,停住了,有些偏老的竹管在口里欲破未破,一种轻微的震颤顺着齿尖传到颌骨再传到肩胛。非三像触了电,簌簌一抖,就呆在那里。

莫煜厝刚好抱着一盒围棋过来,看见非三一副呆相,笑道:"非三,你又在装深沉?"非三没有反应,盘腿坐在远处竹席上的老聃睁开眼,瞟了一眼非三,又将眼闭上。

"先生,今日坐得比往日久些。今日可否向先生请教对弈?"

老聃懒洋洋睁开眼,打个呵欠,从竹席上站起来,掸了掸麻布袍子上的几片竹叶,这才白了莫煜厝一眼说:"莫煜厝,莫煜厝,每天装一副彬彬有礼的面孔,你累不?"

莫煜厝赶紧垂下头应道:"先生教训得是!"

一阵小风吹来,四面竹林簌簌作响,几片老叶从竹梢飘然而下,老聃下颌上一丛灰胡子随风而起,他向下嘘一口气,胡子四面乱跳。他又白莫煜厝一眼:"你不要先生先生的叫,行不?你就叫我老东西,行不?"

莫煜厝低着头说:"不敢,先生!"

老聃怒道："老子懒得和你说了！"也不穿鞋，踏下竹席，就往竹林间的小径去了。

莫煜厝知道先生的性子，这样的对话已经很多次，最初听到，他简直吓坏了，先生是给别人讲"礼"的，私下里居然可以这样说话，真是对"礼"的大不甚，这一定是先生说反话，挖苦自己失礼！后来才知道，这样的话语，这样的行径，先生居然丝毫没有感觉，好像做过跟没做过一样，就如飘浮在先生头顶的空气，有也是无，无也是有。先生绕着一拢竹转了一圈，回到原点，一切无礼的言语似都从未产生过。

果然，莫煜厝眼角的余光看着先生的麻布袜子踩在小径厚厚的竹叶上，陷下去，抬起来——陷下去，抬起来——失去压力的竹叶反弹回来，扑向先生的脚后跟，然后绝望地看着脚后跟远去，再跌回落叶丛中。轻微的吱吱声渐渐远去，又渐渐绕回来，那双麻布袜子再次出现在眼角的余光里，枯黄的竹叶弹起来，跌下去……

"你和我对什么弈，和非三对去吧！"老聃走过莫煜厝身边，又在竹席上坐下来。

莫煜厝走到竹席边，将围棋放在竹席边的竹几上，垂首道："先生说笑了。这对弈之术，高深莫测，先生技艺高超，我虽然差得太远，但近日用功钻研，感觉颇有些领悟，这才敢向先生请教。"

老聃撇撇嘴："你别看不起非三，你看这黑白二子，正代表阴阳天地，非三一身黑白，圆润内敛，围棋岂不是因他而生？"

"先生说的虽然在理，但是……"莫煜厝嗫嚅道，"围棋的规则却不是他所知晓的，他又如何可以对弈？"

老聃盯他一眼："你倒有些歪理。不过，这些对弈的规矩只是装水的罐子、盛菜的篮子而已，非三是不屑于懂的。"

莫煜厝觉得先生有些强词夺理，又不能反驳，仰起头来，要听先生说个所以然。老聃忽然咦了一声，从竹席上站起来，径直走到非三面前，把莫煜厝晾在了一边。

非三半张着嘴，双眼迷离，眼珠一动不动，完全一种入定的模样，连莫煜厝都看出情形有些不对。

阳光明媚，薄雾缠绕山腰，崖上悬着冰挂。非三越过密实的箭竹林，沿着陡崖的罅隙，爬上一个小平台，平台上全是乱石和竹林。巨石后是一个被蓑草遮得严严实实的洞口。进入溶洞，洞里曲曲折折，岔洞不断。非三觉得自己是一股激流，沿着看似无路的大洞壁流上半腰，转到悬石后的洞口，上到山顶。母亲的背影一直在前面，身体闪闪发光。没有时间流逝的概念，就在一瞬间，他已经置身秘境。高大而茂密的珙桐、雪松、云杉环绕，雪白的珙桐花像一只只鲜活的鸽子，向他咕咕叫着，眨着眼睛。

"你该回来了。"母亲柔和地说，她一直背对着他。

他忽然一个激灵：他清楚地记得，母亲已经死去。有人给母亲灌药的时候，他被关在另一只笼子里，母亲说，我不能散了曼荼！然后咬断了笼子的一根木栅，将自己抵死在木栅的断茬上。血汩汩地流淌，母亲的一颗断牙半截殷红，半截雪白，在笼子外闪着光亮，就像秘境中的一块宝石。那个灌药的人回来的时候，吓得脸色惨白，眉骨上一道斜疤却涨得通红。他的惊叫引来了另外两个人，一个瘦长脸穿袍子的人说："可惜毁了一张好皮！赶紧弄去剥出来，兴许还来得及！"

非三打了个颤，身体渐渐柔软。他睁开眼睛，看到面前竹影婆娑，中原大地的冷风在灰暗的天空下鬼魅似的游走，老聃一张凝重的老脸像装饰在竹篱笆上的图腾。

老聃轻嘘一口气："非三，非三，出事了？"

非三沉吟半晌，道："先生，我忽见母亲召唤，恐寿数将尽。"

老聃诧道："如何会这样！"

非三道："虽然你我交流甚多，但我从未和你谈起秘境之事。我很小出蜀，却对虎牙秘境的印象极其深刻，如同烙在记忆深处。但为何去到秘境，去后有何神妙之处，我自己也不甚了了。因此，与你也无从谈起。但就在刚才，我母亲的曼荼忽现，一切未来过去，瞬间就融会，以前不了解之事，也完全明白了。"

老聃叹道："人也有顿悟，却没有你们这等神奇。只是曼荼忽现，到底是什么意思，我却不明白。"

非三道："这曼荼，如空中的气团，你能感觉它的存在，却看不到它。它与普通的气团却也不同，因为凝聚巨大的能量，而紧紧聚成一团，一般不会散开。平常它藏于我们体内，我们的躯体寿尽之后，它无所束缚，却也不会自来自去，而是最终收藏于我们的秘境之中。"

老聃道："这曼荼，莫不是我们所说的灵魂？"

非三道："可以这样认为，不过，曼荼之力，却比你们人类的力量强大得多。这就是为何人类的释比（巫师）被王侯利用，谋害我们的原因。"

老聃道："你很小的时候，苌弘先生将你送来，我就一直在疑惑，巫师剥了你们的毛皮，就真能得到你们的神力？"

非三道："这也不尽然。我也还没有完全想明白，以后定有时间完全弄清楚。现在我有一事求先生，却不知如何开口。"

莫煜厝见老聃和非三嘀嘀咕咕，抱怨道："先生先生，你们说点人话好不好，每次都这样，当着我说兽语，当我不存在。"

老聃回头白他一眼,道:"咄!"又放软了口气说,"你去桌上将棋盘画上,我一会过来和你对弈。"

莫煜厣大喜。

老聃回过头来,说道:"这十余年你与我亦师亦友,你有何要求,尽管说来。"

非三点点头:"我先给你讲一讲虎牙秘境,你就明白了。我们世居虎牙大峡谷之中,虎牙藏于岷山之中,可直通西昆仑。我也听先生说过,岷山是长江源头之地。秘境就藏在峡谷之中,四面陡崖,高不可攀,崖顶积雪夏至才可化完,秋分时候大雪又至。崖顶松、杉密布,至夏日,珙桐开满山崖,仿佛栖息着大片大片美丽的小白鸽。崖顶有种奇异的能量,我们的一生要在这里完成两场重要的仪式。一场是生下来之后的第一个立夏,那时珙桐花正在怒放,母亲带着我,沿着一条只有我们才知道的秘径,上到崖顶,在这里,我将从盛开的珙桐花中,得到一个隐藏的曼荼,之后,我将快速成长,并具有神奇的力量。你大概不知道——我生下来的时候,还没有一只小老鼠大,得到曼荼之后,我才算真正出生了。如果得不到曼荼,我会在这个夏天夭折。第二个仪式是我们面临躯体死亡的时候,我们独自来到秘境,这里神奇的力量将会把离开躯体的曼荼收纳在珙桐树上,等到某一年夏天,被一个新生命接纳。"

老聃叹道："这就是生生不息。"

非三道："对，我们的生命，并不因躯体的死亡而终止。如果不遭遇横死，我们的曼荼都会回到秘境，然后重生。"

老聃道："所以，你母亲的曼荼，就无法回到秘境，所以，你现在能够感受到她？"

"不。"非三道，"母亲的曼荼已经回到了秘境，她给我的感应，就是来自秘境。她告诉我，她在秘境等我。所以，我身体的寿命应该不长了。"

老聃无语，他捻着下颔一丛白胡子，斜眼望着天。天空灰色的云层渐渐淡去，白色的云朵翻涌，流转，渐渐托出些晕红，西山顶流光溢彩，竟挣扎出一轮落日，映得天空绚丽无比，竹林间一时明亮起来，连画棋盘的莫煜厝都抬起头，欢喜道："真正是春天来了，阴霾一扫而空！"

老聃收回目光，对非三笑道："虎牙当真是个好地方，我一生都在寻找真正能够静修之地，这样的地方，对我诱惑实在太大。今日有贵客将到，或许能助你我远行虎牙。"

非三大喜："先生愿意助我，非三落叶归根的愿望定当实现。"

莫煜厝听得笑声，抱怨道："先生，板凳都坐冷了，你也不来。笑得那么高兴，是不是又在嘲弄我？！"

老聃摇摇头,在棋盘前坐下来,依然由莫煜厝执白先行(中国古时候围棋让先下者执白,现代围棋执黑先行来自日本),落子不到一半,老聃微微笑道:"你又输了。"

莫煜厝犟道:"未必。"落到三分之二,莫煜厝渐渐举棋不定,面色凝重,思考时间越来越长。

老聃缓缓说道:"棋分阴阳,正如世间万物。一呼一吸之间,气息流动,阴阳变化,格局也就变了。你拈子的那一瞬,心中已有想法,落与不落,如何落子,趋势已定,一般的人也不过有些犹豫罢了,但极少改变落子的位置。拈子势已定,只是很多人看不出来,要等到大局已定的时候才明白,这是庸人。还有蠢人,大势已定,还稀里糊涂,自以为是,以为靠一己之力能扭转乾坤。"

莫煜厝撇撇嘴,眼光恋恋不舍地从棋盘上抬起来,心中却甚是不舍。忽看见非三背倚着竹丛,咧着嘴,盯着他,似笑非笑的样子。他忍不住囔道:"非三非三,棋都不敢下,你在笑个屁!"最后这个"屁"字,大概忍了又忍,声音几近于无。

初春的夜晚依然降临得太早,一过申时,夜幕就降临了。王城外西北边的简园,一片静寂。半轮明月清泠泠地挂在天边,照着简园无边无际静伏的竹影。

夜色愈发的重了,月亮显得更冷更亮,静伏的竹影如同蓄势的猛兽。一辆马车从王城方向驶来,车轮压在带沙的土路上,发出轻微的吱吱声。"嘘——"捂得严严实实的赶车人一声轻叱,马车在简园的木质大门边停下来。苌弘拉着车辕小心翼翼跳下来,向四周环视一圈,又将头上的皮帽子向下拉了拉,才走到大门边,伸手拍打着简园的大门,厚重而冰凉的木门发出沉闷的噗噗声。简园静寂,偶有微风吹过,送来竹叶摩挲的沙沙声。苌弘摇摇头,对赶车人招招手,赶车人跳下来。苌弘说:"两边瞧瞧,看看有没有合适的地方可以翻过去。"

两人沿着土夯的围墙走了一段,找到一个缺口,赶车人轻捷地爬上缺口,将苌弘拉上去,又将他放进园子里。苌弘从身上摸出一支竹签,递给缺口上的赶车人:"你把它插在缺口上,然后将车赶到前面林子里候我。"

苌弘沿着竹林间的小径绕到大门附近的房舍前,敲开了守门人的房间。守门人点亮油灯,声音有些打颤:"先生,我们这里都是些竹子、竹简,没有值钱的东西。"

"我是老聃先生的朋友,我要见他。"苌弘说。

守门人揉揉眼,端起油灯举到苌弘面前,苌弘把帽子往上推了推,露出一张祥和的有些憔悴的老脸和一蓬花白的胡子。

"哦，先生。"守门人说，"最近几年我们这里都没有来过什么正经人了，而且我们的先生住在简园深处，早已经不愿意见客了。"

天气有点冷，苌弘一边哈着手，背心里却有些燥热。他口气有些不快："我真是你们先生的朋友，先前常到守藏室见你们先生。"

"先前在守藏室的时候，来见我们先生的人多了，恕我眼拙，搬到这里住了五六年，好像未曾见过先生。"

"我是苌弘大夫，你可曾听说过？"苌弘有些无奈。

"哦，苌弘大夫，我想起来了。以前大家都说你有通天彻地的本领，我还不信呢，现在看来是真的呢。只是有七八年没见到你了吧，你看起来面容和从前不同了，是一副长寿的面孔呢。"守门人说。

长寿的面孔？苌弘听着有些别扭，说我老了不就可以了吗。翻个墙也算通天彻地的本领，这不是挖苦我吗？他也懒得计较，一个下人，能这样说话，已经是够有礼数的了。

"带我去见你们先生，我有要紧的事情呢！"苌弘说。

"我知道，我知道！这深更半夜的呢。"守门人一边说，一边在屋角取出皮膜的灯罩，将油灯放在里面，用手提了，带着苌弘往竹林深处走去。

两个人七转八拐，周围的竹林愈加密实，空气也渐渐暖和。月影稀疏，竟不知南北西东。走了约莫小半个时辰，眼前略略开朗，一座竹墙茅顶的小院落夹在竹林间。

守门人在面南的正屋前停下，轻轻敲了敲竹门："先生，苌弘大夫来访。"

隔了半晌，竹门"吱呀"一声开了，一个清瘦的老人迎出门来："贵客登门啊！苌弘大夫，请里面说话。"

守门人取出油灯，将竹屋里的油灯点亮。屋内布置甚是简单，一几、一榻。竹几上正摊开一卷简书，色泽灰黄，想来是部古书，书旁一把削制竹简的竹刀。

两人在竹榻上坐了，苌弘说："几年不见，老聃愈发清奇。"

老聃笑道："常年与竹为伍，莫不是有了竹的体型了？"他转头吩咐守门人，"你去烧一壶茶来，然后自去休息，待会我送苌弘大夫出去。"

待守门人脚步远去，苌弘面容一肃，说道："此来事情紧急，我与你长话短说。"老聃颔首。

苌弘道："两个月之前，我王借晋国军队收复王城，余孽未除，百废待兴，我王又谋划将都城搬迁到成周。我每天沉溺公务，也未曾来拜访你。但今日有一事实在紧急，所以我偷偷前来见你。"说到这里，苌弘向虚掩的竹门瞟了一眼。

老聃微微直身,说:"左右无人,先生但说无妨。"

苌弘道:"王子朝(姬朝)溃逃之时,不仅裹挟了大量财物以及守藏室的典藏,他还散布了不利于你的流言。"

老聃有些诧异:"裹挟财物、典藏的事情,我倒知晓,他们要投奔楚国,总要些晋见之礼。自去冬失了典籍,我不曾踏入王城,也无客来访,于我不利的流言,却不曾听过。"

苌弘微微沉吟,道:"十余年前,我曾携带一只食铁幼兽,不知存活否?"

老聃点点头:"活下来了。"

苌弘惊奇道:"真活下来了?"

老聃道:"不敢欺骗先生。那小兽初来之时,已气息奄奄。我初到守藏室之时,好猎奇书,读过一本商朝奇书《九州大荒录》,书中说这食铁兽为西昆仑神兽,又名貔貅,在西蜀高山密林之处也有活动,却叫貊,以竹为食。你托付小兽给我之时,简园初成,园中有移植自四方的各种竹,内中斑竹、箭竹、湘妃竹等,却不宜制简,也未伐去,我将这小兽投于园中,它甚喜箭竹,因而成活。"

苌弘叹道:"这也是天意!当年我从商仝手中索要小兽,只是因为他们过于残忍,为了得到有神性的兽皮,他们先给神兽灌食一种秘药,神兽服用之后渐渐全身麻痹,神性散于皮毛,这时候屠户方才下刀,直到将皮完整剥下,神兽尚且不死。这样的手段实在有违天道,我要来小兽,交付与你,也是让它有个善终,免去对神兽的亵渎,并没有寄厚望它还活着。"

老聃道:"先生愿意见一见么?"

苌弘大喜:"当然!"

老聃站起来,推开窗户,在窗外的竹管上轻轻敲了三声,扑棱棱一阵响,一只通体雪白的鸽子落在老聃的肩上,腹下一撮血红色的羽毛分外抢眼。老聃摸摸它的羽毛,鸽子腾空而去。

老聃关上窗户,回来坐下。这时,竹门吱呀一响,守门人托着两盏茶,提着一壶水进来,背后跟着一个四十来岁的男子,衣冠齐整,上来对着苌弘就是一拜:"刚才隔壁煮茶,我从酣睡中惊醒,才知道苌弘大夫来访。久仰大夫盛名,莫煜厝拜见大夫。"

苌弘回礼。老聃微微笑道:"莫煜厝是守藏室下专管简园的,喜欢读书,天性忠厚,本来是召庄公家臣,受王子朝之命,专门来监视我的。"

莫煜厝红了脸:"先生莫笑,弟子虽然驽钝,但常伴先生左右,也略知天道,稍懂是非。"

守门人拜辞出门。莫煜厝揖道:"两位先生谈事,莫煜厝先告辞了。"

老聃道:"你也不用回避,苌弘大夫所谈之事,怕是与你也有关。"

莫煜厝不再推辞,就在竹屋的木地板上坐了。苌弘正要开口,竹门忽然又响了,一团巨大的黑影堵在门上,众人目光都聚向门口,苌弘一惊,转瞬喜道:"这就是食铁神兽?"

莫煜厝道:"正是,老聃先生叫他非三。我叫他非三先生。"

苌弘看食铁兽慢吞吞跨进屋内,体型硕大,动作优雅,全身黑白二色醒目却不抢眼,黑眼圈内眼光平和,细细一看,却又深似无底。

"非三?这名字好生奇怪!"苌弘惊讶道,目光却始终没有离开非三。非三走到老聃面前,在莫煜厝旁边坐下,木地板在一阵咯吱声之后,终于安静下来。

莫煜厝笑道:"老聃先生说了,道生一,一生二,二生三,三生万物。一为混沌世界,二为构成世界的阴和阳,食铁神兽身披阴阳,为万物之灵,所以叫'三'。但先生又说了,道可道,非常道。道不是道,三不是三,所以叫非三。先生说得拗口,我也不明白,先生说,你拜非三为师,慢慢就懂了。所以,非三是我老师,我叫他非三先生。只是他从来不理我。"

苌弘莞尔一笑："这莫煜厝真是实诚人。"

老聃指着苌弘对非三说："这是你的救命恩人，你去谢过他。今日一见，你恐怕就无缘再见了。"

非三屈下前肢，冲苌弘叩了三个头，站起来，眼里满是温情，一直看着苌弘，慢慢退出门去。

苌弘愣了半晌，才回过神来："真是神兽！朝野多有传闻，说老聃知神迹，通兽语，看来果真！"

老聃笑道："若说知神迹，朝野之中无人及你。至于通兽语……"他微微一笑，摇摇头，"却多是谬传。也只因《九州大荒录》中有些简单的记载，多有谬误，这食铁兽之言语，却还不算离谱，能与他交谈，却也费了好些年时日。"

苌弘感叹："看来你与食铁兽甚是有缘。能与神兽交流，匪夷所思，真叫苌弘痴长了10岁！"

老聃道："先生与我志趣不同。先生忠于人君之事，昌大礼明大义，为朝廷栋梁，乃天下楷模。"

苌弘点点头："人各有志。今日见了非三，才知道那王子朝散布的流言也并非无风起浪。王子朝怨恨守藏室史不肯助他，离开王城之后，让人放出话来，说是守藏室史私藏食铁神兽一只，若得驱使，可得天下；即使无法驱使，若得到其毛皮做成袍子，也可得神兽神力。"

莫煜厝忍不住插话:"王子朝一直想拉老聃先生助他,可是,先生与他的观点差距太大,终没答应。6年前,王子朝得到消息,说老聃先生藏有食铁神兽,所以,王子朝让召庄公安排我到简园任职,接近先生,探听食铁神兽的虚实。只是召庄公素无大志,喜欢随波逐流,又素来敬重先生,所以并不热心于帮助王子朝。既见如此,我也乐得闲散,日日跟随老师,后来更是拜了非三为师,哪有学生出卖老师的道理!所以,搪塞了几次,他们自己也派人偷着查寻了好些时间,终于没见到踪影,也就不再关心此事了。现在他都逃到楚国去了,还关心食铁兽干啥?"

老聃说:"食铁兽更合道,而非神力。得食铁兽得天下,这是谬传。"

苌弘摇摇头:"也并非全是谬传,食铁兽有神力,况且,它能聚天下民心,天下人都来响应,能不得天下?"

老聃点点头:"苌弘先生远见。但当今天下,群雄逐鹿,均为权力,圣人应当损有余而补不足,求得天下太平。当今权贵,均以损不足以补有余,遗祸百姓,有悖天道。食铁神兽若出,天下更将大乱。"

苌弘道:"这也是我担忧的事情。但食铁神兽从古至今未曾有人养得活物,现在王子朝放言你养有食铁神兽,必将令朝野关注，食铁神兽不被发现很难。我在王城听说刘文公得了消息，已派人找商仝查出真假。刘文公素有野心，不得不防。商仝当年送我小兽之事，他虽不敢透露，但若查实非三真正存在，肯定不择手段抢夺非三，一旦到手，再编个谎言说明出处，正是大功一件。商仝出手阔绰，手下养有一批能人异士。我今日一去，恐怕很快就有人前来窥探，你须得早做打算。"

老聃没有说话，提起陶壶给茶盏里续水，他有些心不在焉，水满了茶盏，溢在竹几上，又从竹几缝隙滴落地板，再顺着地板缝隙消失得无影无踪。

"先生——先生——水溢了。"莫煜厝小声提醒老聃。

老聃并不理他。苌弘的目光顺着水流而去，久久凝视着水流消失的地板缝。良久，他点点头："我明白你的意思，水无形，因器皿而成形，脱离了器皿，它依然可以找到自己的去处，无论何地，总有它可以渗透或者容纳的地方。"

老聃像是回过神来，收住陶壶，却并不放下，仰着头，将大半壶水慢慢倒入自己口中，这才将壶放在竹几上。

"大夫所言极是。不过器皿也只是暂时容纳它，一盏水，放置久了，它就消失了，去了它该去能去之处。"老聃缓缓说道。

"守藏室也罢，简园也罢，终究不过是茶盏而已。这么说来，你是早有离去之意。想好去处了？"苌弘直了直身子，坐得久了,天气又冷,腿有些麻,毕竟是六十多岁的人了。

"非三来自西蜀,如今岁月渐长,渐入老境,归乡之心愈切。西蜀历来为修炼福地,我也有心入蜀,静心修炼。明日我收拾一下,就可西去。"老聃回道。

"如此最好,只是战乱刚刚平息,此去西蜀路途遥遥,道路艰险异常啊。"苌弘有些担心。

老聃沉吟不语。

"先生——你的脸!"莫煜厝目光在两个人脸上转来转去,他不明白两个人到底打着什么哑谜,然而,转上几回,他发现老聃的脸色渐渐红润,而且变得胖乎乎的,就像一只食铁兽的脸。

老聃依然不语,他伸出右手,悬在陶壶上,屈了四指,只有食指悬垂。只见指尖一滴水珠渐渐浑圆,晶莹剔透,渐渐不堪重负,哒地入了陶壶。一滴一滴,渐成一线。一会儿水停了,老聃面色如旧,依然精瘦一张老脸。

莫煜厝看呆了:"先生,我还以为你中毒了呢!"

苌弘抚掌笑道:"老聃有此技能,西行当保无虞。我可以放心回去了。"

老聃仍不言语,取竹几上竹刀,径直投入陶壶之中,只听"咄"的一声,半截竹刀穿过壶底,钉入竹几,而壶竟然不破。

水面上涨，微起涟漪。

苌弘一脸迷茫，莫煜厝完全呆住了。

"水是至柔的东西，善利万物而不争，所以能保全自己，不会受到伤害。"老聃说道，他轻拍竹几，竹刀穿几而落，水从壶底泄出，顷刻间流入地下。

"壶太硬，虽然能容纳水，但以刀击水，壶破而水无恙。"苌弘恍然，"你知我性格刚硬，是想以此劝我。"

老聃道："你笃行忠义，能力见识过人，素不知木秀于林，风必摧之。你又以家臣参政，容易遭人忌恨。虽然姬朝迷信兵事，有悖天道，不成大器，但当初景王遗诏毕竟是传位于姬朝，单、刘两公立姬匄为王，不合天道，恐怕是自己有异心罢。你陪伴左右，必将祸及于你。你不如与我西去，同做一回流水，与世无争——夫唯不争，故天下莫能与争。"

苌弘默然，过了一会，他叹口气道："我已年过花甲，恐难抽身。忠君之事，死亦何妨！"

老聃道："既然如此，你我今日别后，当各自珍重。"

月光愈发清冷，竹林中飘着凛凛的霜气。三人来到大门旁，苌弘正要出门，忽然想起一事，对老聃说："前面墙缺上我留有一只竹签，待明日天明，你可让人取了毁去。"

莫煜厝说："大夫的东西怎能轻易让人毁去，明日送还不便，我这就给你取来。"一面说，一面匆匆跑去。

苌弘正要阻止，老聃拉住他："没吃过亏，让他去吧。"

不一会，一声压抑的惊叫后，莫煜厝匆匆跑来："先生，取不来，墙缺上躲着个巨人，我一爬墙，他就挥棒打我，我一下来，他又躲了。"

老聃轻叱他一声："苌弘先生对天地之气、日月之行、风雨之变、历律之数，无所不通。你没见过苌弘大夫的手段，不听招呼，自然吃亏。明日让人按大夫的话做。"说罢，从袍子的长袖中取出一物，却是先前窗口曾见到的白色鸽子。

老聃将鸽子递给苌弘道："这是一对来自极北地方的血鸽，天赋异能，飞越数千里不会迷路。你带上，到家后放回，一来认路，二来报个平安。"

大门外一片空寂，马车从阴暗处轻捷驶来。老聃看着苌弘登车而去，轻叹一声："忠于人而不忠于道，无善终啊。"

第二章 受 命

　　启母岭的春天比桐柏山深处来得更早一些。三月未过，东南方吹过来的风已经有了暖意，山顶嶙峋巨石间生长的松柏，枝头挺出些柔嫩的松针柏叶，苍劲中多了分清新柔美。山腰下密布的树丛，暗藏着水红的嫩叶已挂满枝头，散布在树丛间的茅屋渐渐隐了形。隐藏在山坳里的葛家庄正建在溪流边的一大块平地上。说是庄，其实并不大，十余间木柱木板的正房，正房四面围了一圈敞屋，都是草苫的屋顶。正门前用手臂粗的柏树，做了一道一人高的树墙。正屋后，两棵合抱的银杏正抽出嫩叶，庄前一大片坡地，苎麻正从蔸上抽出嫩枝。

　　山坳里的黄昏来得更早一些。几个薅草的家仆陆陆续续回家的时候，葛丹和他妻子正站在南面的敞屋里悬挂的一匹青布前，他的母亲在厨房里准备晚饭，大女儿带着小儿子在屋后的银杏树脚下寻找去年掉在地上的白果。葛丹伸出指头捻捻布，正要开口，忽然面色一紧，他扭过头去，看见两个陌生的男子，穿着织锦的袍子，正穿出苎麻地，向庄院大门口走来。

　　为首的是个四十余岁的男人，喘着粗气，一脸疲惫，站在院门口,眼光在院落里扫视一圈,最后停留在葛丹身上。他迟疑了一瞬,作了一揖道:"请问这是仲义先生的家吗?"

葛丹盯着那男人道:"先生从哪里来?"

男人道:"来自洛阳。你是仲义先生?"

葛丹说:"我是葛丹,仲义先生已经不在了。两位先进来歇息吧。"

男人脸色有些失望,他疑惑地看着葛丹,表情渐渐复杂起来。男人又是一揖:"那就叨扰了。"径直入了庭院,后面跟随的年轻男人,眼神警惕,右手紧紧抓住腰间的剑把。

葛丹扭头对妻子说:"你去厨房,让他们准备些下酒的菜。"女人点点头,转身要走,葛丹又道:"这次的布匹比先前的细腻得多,看来你制麻的改进效果很好。"女人笑笑,径直去了。

葛丹领二人进了正厅,屋里陈设简单,几把木椅,一张木桌,木板墙壁上挂着一张硬木的弓,一壶羽箭。唯一奢华的是,每把椅子上都铺了兽皮。

男人的眼神始终没有离开葛丹的后背。在椅子上坐下后,他忽然站起来说道:"你就是仲义,虽然十余年未见,你的背影还是没变。我是刘文公的管家,你应该还有印象的。"

葛丹微微笑道:"刘管家果然好记性,只是时日太久,过去的事情,我已忘得差不多了。"

刘管家肃然道:"文公说先生隐居已久,本不该打扰,无奈此事重大,需先生亲自出面才行。"一边从袍子贴身处取出一块玉佩,递给葛丹。葛丹接过玉佩,良久不语。

"先生隐居之地委实难找,我们凭文公的地图,一路找到黄冈镇,马车无法向前,我和仲礼一路打听,花了差不多一天时间,才找到这里。这里虽然偏僻,但山清水秀,的确是隐居的好地方。"刘管家一面四处张望,一面交代。原来,这带剑的青年男子,却是文公的死士之一。当年仲义离开刘府,文公又招募了四名贴身侍卫,分别按照仲义的姓,取名仁、礼、智、信。

"这四人武功甚好,但按文公的意思,与你却不在一个层次。"刘管家恭敬地说,他面容真诚,也不顾忌旁边仲礼的脸色。

"管家抬举了。"葛丹淡淡一笑,"我隐居桐庐以来,只以采葛种麻织布为生,从前的事渐渐忘了,武功也日渐生疏,现在恐怕连剑也拿不稳了。"

"先生太过自谦。文公的眼光是不会错的。"刘管家虽是有备而来,但葛丹态度平淡,全不是年轻时勇猛激进、说一不二的样子,这种变化,他也拿捏不住,内心不免有几分焦急。

葛丹并未答话,空气略显尴尬。这时候葛丹的妻子带着两个女仆端进几大碗煮熟的腌肉,都是些野猪、野兔、野鸡之类，香气扑鼻。后面跟着一个男仆，抱着一个陶坛。葛丹拍开泥封，道："山里客少，两位数百里跋涉，也算贵客了。这是我用高粱和小米自制的酒酿，怠慢二位了。"

葛丹盛了酒，陪两位坐下，他母亲听说来了刘文公家的管家，过来施了礼，一面念叨当年刘文公的恩惠，一面请管家吃好喝好，并记得带回对刘文公的感谢之情。

待母亲离开，葛丹一边陪客人饮酒，一边说些栽粮种麻之事，刘管家听得越来越心凉，不免喝得沉闷，一碗酒尚未下肚，竟自醉了。葛丹也不多说，自揣了玉佩，又安排男仆拾掇好刘管家，安顿到南边靠山溪的正房歇息了。

葛丹独自在溪边待了一阵，听得房里刘管家鼾声明亮，这才回到卧室。推开门，隐约看见妻子正坐在床前。正是月中，天空虽不晴朗，但月亮在云中若隐若现，寡白的月光照进木窗，屋里一切依稀可见。

妻子待他在床边坐下，才平静地说："你准备几时动身？"

葛丹叹道："你我隐居于此，才过得三四年安稳日子，我心中实有不舍。"

女人道："我知道你心中难处。若不是当年刘文公提携，你大约终生也只是一名家奴。如今刘文公有事，正是报答之时。"

"我何尝不知！"葛丹道，"当年我父亲嗜赌，落得举家卖身为奴，幸遇刘文公，又倚仗父亲一手好木工，得刘文公青睐，送我读书习武，这番恩情，我定不会忘记。自我年轻时候，剑术出众，做了刘文公侍卫，也为他多次出生入死，及至父亲病殁，刘文公还我与母亲平民身份，许我携带母亲还乡，也曾暗自召我，为他除去对手。因此，归隐之时相约，如无生死攸关的大事，他不再召我。今日他遣人送来随身玉佩，定是大事，我担心此去恐成诀别。"

妻子直视着他："近年来，你隐居于此，潜心养性，种麻狩猎，身手依然矫健，但只是逞强斗狠之心淡了，信心却不该因此丧失。"

葛丹摇摇头："近些日子，我也回顾以前的生活，虽说行径豪迈，但有些事情，似乎可以不做。又眼见着母亲渐渐衰老，孩子们一天天长大，心中多了更多牵挂。我心中有了这些顾虑，决绝之心自然就淡了。"

妻子道："我知你心中犹豫。前些年你替人做刺客的银两，除了置地，我分文未动。即使将来种麻织布未有收入，也能养育孩子长大。何况吉人自有天相，你为报恩而去，上天当不会薄你。"

葛丹叹口气："你虽身为农妇，但晓大义，明事理，又知人善任,理家有方,这家中仆人,个个敬重你,我此去自然放心。但一切重任,均压在你肩上,我心中实有不忍。"

妻子一笑:"你先歇息,我去将你出行的衣物粗略准备一下。"

次日一早,葛丹别了母亲、妻儿,穿一身粗布袍子,藏一把尺余长的短剑,背着一粗布包袱,自和刘管家二人去了。

三人到了黄冈镇,乘了马车,一路向北,奔尧山,过襄城,折向汝州,直奔洛邑。路途比走南阳更近,但一路坎坷,行程却还多了一天,六百多里路程,整整用了四天才到。

临近洛邑,马车直奔成周城方向,进得城垣,马车却越城门而过,最终停在了邙山脚下的一处庄院里。庄院比葛家庄更小,藏在竹树林中,四面围得严严实实,十分隐秘。刘管家将葛丹带入院中,院子里虽只有两个老年男仆,却收拾得干净整洁。

葛丹看两位老仆面容陌生,也不多言。刘管家赶紧解释道:"去年冬天,周王刚刚迁回王城,至今尚未十分安定,王城与成周城都是乱七八糟的,恐打扰先生清兴,因此安排在城外。文公一旦有了空闲,即刻便约你相见。"

葛丹自不见外,自离开刘府之后,也曾返回王城,接受刘文公安排,都是秘密相见,并不让外人知晓,这次自然不会例外。见葛丹并无不满,刘管家自去向刘文公报告,临行时反复叮嘱:"天下初定,扰乱尚多,先生最好闲居庄内,勿惹人注目。"

当夜无事,第二日静候一天,并无人来访,连刘管家也未曾过来探望。到第三日,忽然变了天,黄昏时候,西北风呼呼地刮起来,颇有些天昏地暗的味道。两位老仆早早收拾妥当,关好院门,与葛丹各自歇息。葛丹心中总觉不踏实,悄悄掩了屋门,从靠近邙山一侧的后院越墙而出,找了一棵大树,轻若狸猫,攀援而上,到了树顶,向四面一望,但见远处成周城尚有灯火,城墙头上隐隐约约插着一面旗帜,却是纹丝不动。再看右边山头,树梢不动,不似自己面前,树木轻晃,竹梢飘摇,这风竟似只刮在这山坳。他心中大奇,思索片刻,偷偷溜回房间,将被子打开,塞了个枕头,自己却持了短剑,纵身一跃,抓住屋顶的横梁,将身体缩进大梁与屋顶间的缝隙里。

半夜里,风声时强时弱,葛丹在横梁上听得风声中有轻拨门闩的声音,他一下子清醒过来。门在风声中悄无声息被推开,两个黑影手持长剑,跨到床边,看了一瞬,忽然一齐举起剑,猛力扎下去,床轰隆一声垮掉了。两个人直愣愣站在床边,并无继续的反应。风声忽然停了,月光似乎透过云层,地面变得明亮，一个长长的黑影投射在门口的地面上。葛丹捏着剑柄，目不转睛地盯着门口。一个身材瘦长、黑袍子罩得严严实实的人影飘进来，径直到了床前，伸出长袖一卷，塌在地上的被子忽地被卷起来，露出床上的枕头。黑袍人影一愣，瞬间向后飘去。葛丹双腿在横梁上一蹬，整个人像箭一样射出去。愣在床边的两个黑影忽然举剑向葛丹刺去，"咄咄"两声脆响，黑袍人影已闪出门外。

　　葛丹大怒，反起一脚，将最近的黑影踢飞出去，正砸在垮塌的床上，他借了这力，也飞出门外。黑袍人影恍若鬼魅，径直飘过院墙，葛丹与他始终差着两步。正懊恼间，前面树影中忽然飞下两个人影，明晃晃的长剑直刺黑袍人，黑袍人长袖一挥，竟将两人甩开，被这一阻，葛丹短剑一挺，正中那人后背。只听一声闷哼，那黑影反手一袖，一股黑烟扑面而来。葛丹屏住呼吸，就地一滚，等他爬起来，四周月影蒙昧，哪里还有人影。葛丹想起屋里还有两人，翻身越过围墙，还未落地，看见院落里直挺挺躺着两人，正是从屋里追他而出的黑影。他生怕有诈，先用剑尖捅捅，全无反应，这才走近察看，借着月关，两人面孔熟悉，竟然是平日里服侍他的老仆。而且两人身体僵硬，显得已经死去多时。

　　葛丹惊诧万分，他一来一去，只在几呼几吸之间，如何先前的活人，都已经僵了？

背后衣袂带风，他一拧身，先前阻击黑袍人的两人越墙而进，远远地冲他一揖，恭声道："仲礼、仲仁见过葛丹先生。"葛丹知是刘文公侍卫，还了一揖。借着淡淡的月光，葛丹见那仲仁与仲礼恍若一人，都是壮实挺拔的年轻人，面貌俊朗，月光下，轮廓不甚清晰，两眼倒甚是明亮。

那仲仁将倒在地上的两人一拨拉，起身说道："果然是巫沉的手段，先暗杀，再用僵尸杀人。"原来，这两名老仆本是刘府的武士，平常也打杂干些粗活，不期今日被巫沉偷袭而死，再被其作为僵尸去暗杀葛丹，巫沉逃去，两人失去指挥，自然倒地。

能指挥僵尸的巫，多在楚国西南，这个葛丹倒是知晓，只是自己与他素不相识，何以下此狠手？

仲仁见他疑惑，上前说道："先生有所不知，这巫沉本来投奔刘文公，因行事不端，被刘文公驱遣，心怀怨恨，欲不利于刘文公。本已转投王子朝，远走南阳，不知从何处得来风声，知刘文公欲见你，故前来击杀你，然后假扮你伏击刘文公。"

葛丹略一沉思："此计甚毒，你们又如何知晓？"

仲仁道："巫沉转投王子朝，刘文公知他心性，为防他不利,一直派我监视其行踪。巫沅行踪飘忽,又有些过人的手段,我们行事往往慢他半拍,好在先生武功高强,得以安然无恙,还击伤巫沅,此一去,恐他再不会回洛邑。"

葛丹道:"我伤了他,他该怨恨于我,伺机报复才是。"

仲仁摇摇头:"先生有所不知,这巫沅的确有些本领,但却是个投机逐利之人,不喜与强者为敌,今日不能得手,必将远遁,不会把时间和精力继续浪费在这件事情上。"

葛丹道:"他却因行何事不端,被刘文公驱遣?"

仲仁迟疑了一下,道:"我只知道巫沅经常爱说,天下到处是机会,何必吊死一棵树。刘文公听得多了,便疑其不忠,怀有二心。具体因何事被驱遣,我却不知晓。"

葛丹"哦"了一声,不再说话。仲礼道:"先生今晚在此将就歇息,明日一早我们带先生去见刘文公。"

二人恭送葛丹先行歇息,自去将院子里两具尸首抬到后山掩埋了。一夜歇息无话。

次日凌晨,天刚破晓,仲仁、仲礼收拾停当,已候在葛丹门外。三人出了门,山间薄雾正起,树丛中山岚流动,远处成周城影影绰绰,愈往下走,雾气渐渐浓密,待临近成周城,雾气翻卷,一丈开外,竟然不可见人。进了城门,街上行人稀疏,偶尔见到几个早起倒粪水的。葛丹先前极少到成周城,大雾一起，更要细辨才能分清方向。不是说刘文公和周王早已迁回王城了吗，为何到成周城见刘文公呢？葛丹心中疑惑，但是少打听是他们的基本习惯。只是跟在仲礼身后，仍然忍不住提高了警惕，两耳细细辨析那些藏在浓雾中的异响。

一路并无异常，七拐八弯之后，三人从一扇木门进到一个后院，院落极大，花草繁茂，假山堆叠，显然是富贵人家的府邸。仲礼道："周王和刘文公谋划将都城迁至成周，目前，刘文公正率人在这边安排布置，人员、设施尚不周全。"

葛丹"哦"了一声，心道：原来这就是刘文公在成周的府邸了。三人用过早餐，又在客房休息一阵，刘管家兴冲冲过来，寒暄一阵，就将葛丹单独带进了刘文公书房。刘文公斜倚在几前，身下铺着厚厚的毛皮褥子，身上披着皮袍，脸色微黄，似乎比上次见面时瘦削了些，憔悴了些，颌下和两鬓都白了不少。他旁边坐着一个瘦长脸的中年汉子，锦袍皮帽，满脸精明冷峻之色。这人叫商全，他早就认识，朝中的物品几乎都从他手上采购，隔三差五，他就会出现在刘文公府上，送些时令的蔬果、稀罕的玉器玩物等。

葛丹施礼毕，在刘文公对面坐下。刘文公问道："看你身体精神俱佳，想来日子过得安稳知足。不知你母亲现在安好？"

葛丹道："谢刘文公垂问，母亲安康。此次刘管家到寒舍，母亲还念叨刘文公好处，要刘管家代为致谢。"

刘文公笑道："致谢就不必了。听说你已完全舍弃从前生活，连名字也改叫葛丹？"

葛丹点头道："自归隐后，我以采葛种麻为业，因而取了葛为姓；因我居所背后，一到秋天，漫山遍野红叶灿烂，故取名丹。"

刘文公道："你以此命名，看来是潜心于此种生活。"

葛丹道："正是！"

刘文公神色一黯："我若不是遭人暗算，也不愿意请你出山，扰了你的清修。"

葛丹欠身道："刘文公言重，刘文公事，如同我父母事。今日见刘文公气色不佳，想来是受人暗算所致？"

刘文公道："你且坐下，听我粗略一说。7年之前，一名三十岁左右的男子前来自荐，自称巫沅，来自楚国，有奇异本领。我看他相貌清奇，见多识广，谈吐不俗，便将他纳于门下。后来也证实他确实有些翻云覆雨的厉害手段，我对他日益重用，但他贪财好色、狂妄自大的缺点也逐渐显现。贪财好色暂且不说。十余年前，商全曾得两只食铁神兽活物，费劲周折运到洛邑，成年神兽自尽而亡。当时商全曾买通西蜀一名释比（巫师），得了一种药物，喂食神兽，可散他神力，附着于毛皮。这成年神兽虽死，但死前喂了药物，死后剥得毛皮，献与先王。后来巫沅拜见周王，见到神兽毛皮，回来对我们说受了骗子愚弄，那皮根本没有神性。又说散神力的药物是有，能配的人极为稀罕，恰恰他就能配。大家都觉得他狂妄，就算他说的是真的，这话也不能乱说，要是传到周王耳朵里，这如何得了！我因此尽量避免让他见到周王，每次见到周王都小心翼翼，生怕他从哪个渠道得知这些话。巫沅因此觉得受了轻视，言辞间竟拿这事嘲笑要挟于我，说是不信的话，要配了这药来散我的三魂七魄。后来，这人许是受了财物，竟然私下里和王子朝来往甚密，不利于周王。我念他是个人才，一直告诫他，王子朝不可能得天下，要他辅助明君。哪知他固执己见，后来终于闹翻，他拂袖而去。只是这人阴险，竟然在临去之前，真在我饮食中下了药物，这一年来，自感精神不济，身体每况愈下。"

葛丹道："刘文公之意，是让我擒那巫沅，寻得解药？"

刘文公摇摇头："那巫沅投了王子朝，却未得天下。兵败之后，随王子朝裹挟了朝中典籍，远走南阳，投奔楚国去了。以你身手，寻他也不是难事。只是巫沅说过，这药却并无解药，即使找寻到他，也无济于事。要解必须着落在食铁神兽的活物上，按巫沅的说法，这食铁兽生有内丹，这是它神力所在。

若以他鲜血，佐以名贵草药，当有奇效。"

葛丹黯然道："食铁兽乃西蜀神物，中原数年难见，更无存活。要找一只活兽比登天还难。难道就此束手无策？"

刘文公涩然一笑，道："此事却有一线生机，只是半真半假。"

葛丹凛然道："只要有机会，我愿倾尽全力，助刘文公恢复。"

刘文公颔首道："你的心意，我自然明白，不过，谋事在人，成事在天，却也不可强求。刚才我说到十余年前，商仝得食铁神兽两只，一只自杀，另一只是刚刚一岁有余的小兽，当时因人人关注成年神兽，小兽因此走失，而且遍寻不得，估计会饿死在某个角落。"

说到这里，刘文公扭头看看商仝，商仝颔首道："正如刘文公所言。当年从西蜀获得两只食铁兽，送至洛邑，正是小的主持。"

刘文公回过头来，继续说道："但去年王子朝战败，放出话来，说守藏室史老聃养有食铁兽。如若是真的，多半是当年这食铁幼兽误走误撞，到了简园。却不知老聃如何能养活他。我派仲智几次前去探查，无奈这老聃也是深藏不露的角色。虽然发现些疑点，但终无所获。前几日再去暗查，却发现简园已人去园空。他一路查询，终于发现老聃行踪，却是驾了简园拉竹简的牛车，往西方秦国去了。老聃离去，显得有鬼，又驾了牛车，定是取牛车负重，如此看来，老聃养有食铁兽的嫌疑更多了几分。只是仲智力有未逮，最终无法靠近牛车探得虚实。"

葛丹低头沉思片刻，抬头道："我明白刘文公的意思了。"

刘文公喜道："你愿前去，定有把握。但老聃身为收藏室史，被尊为国之重器。你此去，如能发现食铁兽，当尽力谋取。如能不伤人而获得食铁神兽，当是上策。"

葛丹深深一揖："遵刘文公教诲。"

刘文公当是说话久了，脸色微微泛红，他正了正身子，道："拜托……"话犹未尽，却低声地咳嗽起来，仿佛是受了风寒。咳过一阵，他出一口长气，说："感觉中气一日不如一日，时间越来越近了。哎，不说也罢。仲礼已备好银两、干粮，你此去多多保重。"说完，又一阵咳嗽。

葛丹长长一揖，也不多言。起身随了仲礼，收拾停当，上了后院门外一辆马车，疾驰而去。

仲礼待马车消失在远处转角处，方才回身。书房里，刘文公见仲礼回来，起身道："走了？"

仲礼道："走了。"

刘文公道:"让人打一盆热水过来。"待热水进来,刘文公将脸埋在水中,过了一会,抬起头来,又用热帕捂了脸,须臾,一张脸变得红润起来,精神竟然瞬间抖擞,哪里像个有病之人。

商全看他洗毕脸,抚掌笑道:"刘文公这出苦肉计演得真好!"

刘文公笑道:"除了这中毒之事,其余却所言非虚。仲义当年才干出众,但性情耿直,恩怨分明,为我办过不少棘手之事。以他功劳,当赐还平民身份,却又担心不为我用。此事令我纠结万分。后来得苌弘大夫劝告,说仲义真士也,若以牢笼囚之,久而必生叛逆;如赐以自由,他必感恩,定会死心塌地报答于我。当日我听从了苌弘之言,后来证明苌弘远见。今日我以中毒为因请他劫取食铁神兽,他定会全力以赴。"

商全叹道:"刘文公远虑,无人能及。"

"知人不易啊!"刘文公应道,又叮嘱商全,"你组织些人手,跟在仲义后面,一来做个支援,二来如果仲义得了神兽,后面的事情就该你们接手。"

商全奇道:"仲义的本领,你还担忧?他可是举国上下,可以进入前三的刺客。专诸强势,也不过和他伯仲之间。"

刘文公道:"毕竟他已经收手三四年了。也许手生了,或者心态变了。总之，我这次见到他，隐隐觉得他与从前不同，似乎与我之间多了一层隔膜。"

商全道："所以，你昨天设局引诱巫沅袭击他，就是要试探他？"

刘文公道："这也只是凑巧而已。巫沅唯利是图，又无忠义，他不满我得他秘方，终是隐患。他潜回洛邑，本是取他藏在王城的财物，目标却不在我。我不过是让人泄密于他，说我病重，怕敌人暗杀，故躲在邙山养病。他来击杀我，只是想顺手捞一笔。我诱使他来，却是有利无害。"

商全道："有利无害？这我就不明白了。"

刘文公道："我让仲义住在邙山小园，如果他技艺不曾生疏，巫沅是奈何不得他的，顶多有惊无险。如果巫沅被仲义击杀，正好除了一个隐患。如果仲义真的变成了一个农夫，被巫沅击杀，埋伏在外的仲礼仲仁就会立即冲进去，不会让巫沅发现被击杀的人不是我。巫沅必会远遁，从此以为杀了刘文公，我也就可以安眠。"

商全赞道："真是无懈可击，有利无害。"

刘文公摇头道："也非完全无害，若仲义因此而亡，虽证明其不足以担当寻找食铁兽的重任，但于我良心而言，还是会受谴责。"

商全道:"刘文公仁义,若仲义因此而亡,也是死得其所。"

刘文公微微笑道:"巫沅未亡,受伤远遁,虽不完美,却也可以安心了。但夺取食铁兽,却是更大的事。何况,老聃被传得有如神人,我也担心有各种变故。必要时候,还是得你出手,我让仲礼、仲智协助你。"

商全犹豫道:"若葛丹出手不利,恐怕还是要请巫沅。他有些不能示人的手段,或许还可以对付老聃。"

刘文公点点头:"如何用人,你自去安排。只有永远的利益,没有永远的敌人,想必你和巫沅更深谙此道。关键是用人之后,一定要善后。"

商全道:"这个定当遵命。只是尚有一事请教刘文公,若得到食铁神兽,怎样处置?"

刘文公道:"若能得,就用巫沅的药,这次一定要谨慎,不能让他在药性发作前自杀,否则,又将功亏一篑。"

商全面有愧色,垂首道:"是。"

第三章 偶　遇

雒水两岸的垂柳完全发了新芽，一片嫩绿，衬得灰蒙蒙的天空也有了几分生气。莫煜厝折了一截柳枝含在嘴里，"嫩香嫩香的，都可以当菜了。"他说。

老聃没有理他，坐在牛车的前面打盹。他的牛车与众不同，一路上吸引了不少人注意。拉车的青牛比一般的牛强壮不说，牛角上还歇着一对雪白的鸽子；那车，加了车棚车盖，完全是辆马车的装扮，但又比一般的马车还大。车轱辘的嘎吱声越转越慢，莫煜厝紧赶几步，呵斥青牛："又想偷嘴，这柳梢也是你吃的吗？"那青牛仿佛懂了他的话，本来伸长脖子，嘴够到柳梢前，用鼻子嗅着柳叶，现在顺势低下头，在路边枯死的野草丛中卷了一口，将那些枯叶中新发的嫩叶卷入口中，慢条斯理地嚼起来。

"你这吃货，赶路不行，一路都在找吃的。都三天了，才走了一百多里路，还没有我走得快。"莫煜厝一边说，一边在牛屁股上拍了一巴掌。青牛并不理他。

"先生，你这对鸽子一会牛角上，一会牛背上，一会又在车棚顶上，是不是太张扬了，晃得人眼前白茫茫的，就像在雪地里似的。"

"有那么夸张么！"老聃闭着眼，轻哼了一声："你不会让它飞远点，或者是歇到车棚里去吗？"

莫煜厝皱着眉："先生，你的宝贝我如何指挥得了。"

老聃把眼睛睁开一道缝，看到莫煜厝一张苦瓜脸，大笑道："莫煜厝，你装什么装，有人的时候你一副彬彬有礼的面孔，无人的时候，你不和我抬杠，就显得人生了无趣味？"

莫煜厝叫屈："先生，我哪里敢呢，我不过是实话实说而已。"

老聃口里轻啸一声，两只鸽子腾身而去，他继续闭了眼，懒得搭理莫煜厝。

隔了一会，莫煜厝又忍不住了："先生，今晚我们找户农家如何，我这身衣服，出门渡涧水就湿了，到现在都还没有干呢！你说前两晚住驿站，又没有热水，又没有火烤，还像什么驿站。"

老聃哼了一声："战乱刚刚结束——说不定哪天又开始了，驿站能给你提供房子遮风避雨就可以了。再往前去，说不定还要露宿呢！"

"有那么困难吗？"莫煜厝哭丧着脸。"先生，到西蜀有多远啊？"

"莫煜厝啊莫煜厝，出门的时候我就劝你，路途艰险，不要和我一起去。要不你回召公那里，继续当你的家臣，要不你回老家——哦，你没有老家了，你到陈国我的老家去避避，你都不愿意，非赶着和我一路。现在才开始，路上艰险得很，趁早回头还来得及。"老聃闭着眼睛，声音柔和，似笑非笑的。

"先生，跟随你，服侍你，都是我的职责，不过，你总得允许我抱怨几句嘛。"莫煜厝说。

老聃摇摇头："哎，真是懒得理你了！"

正说话间，前面视野忽然开阔，崤山中流出一河，水流甚急，在这里汇入雒水，水面豁然开朗，水中一个狭长的小岛，杂树丛生，野鸟翱翔。官道在这里也拐了一个弯，折向山里。

"先生，路变了。"莫煜厝说。

老聃睁开眼，瞟了一眼："哦，到连谷了，我们该进崤山了。顺官道走，走不丢的。"

官道上行人愈发稀少，偶尔有几个归家的农人，背着背篓或扛着农具，匆匆而过。河两岸缓坡上种地的、采葛的农人，也渐渐开始归家。黄昏来了。一个骑驴的青年，背着一个长长的包袱，帽子遮住了半张脸，从山里匆匆而来，蹄声哒哒，青年似乎心中有事，与牛车错身而过，都没有抬头看一眼。

"天快黑了，先生。"莫煜厝道。

"别急，前面有驿站。"老聃笑嘻嘻地说。

"又住驿站！"莫煜厝拉长了脸。

"驿站安全啊。"老聃意味深长地说。

果然，沿着连昌河上行一两里，又到了一处驿站。两人找了一间僻静的客房，将牛车停放在院子角落。除了一名年老的驿卒，整个驿站冷冷清清，并无其他的客人。

老驿卒是个勤快人，莫煜厝好歹找了些滚水，候着老聃吃了些干粮，待四周黑透，只剩驿站门口还挂着一盏昏黄的灯笼，莫煜厝打开牛车侧门，搭了一块板子，让非三从板子上滑下来。

"真是老实呢。一路都没听到你嘀咕。"莫煜厝取笑非三。

非三慢吞吞挤进屋门，喝了些水，嚼了两根竹笋，自去屋角歇息。

莫煜厝一路行来，总嫌牛车太慢，自己倒走了多半的路，这时候也甚是困顿，卧榻上一倒，很快鼾声就出来了。老聃听他鼾声一起，忍不住微微一笑：有了他这鼾声，恐怕人人都知道他们住的哪间客房，不过，他的鼾声也正好盖过了非三的呼吸之声。他也在榻上躺了，呼吸内敛，渐渐进入混沌空明状态。

睡到半夜，忽然感觉一阵震颤，细细辨别，却是远处动物的蹄声。声音在驿站大门外远远歇了，老聃心中明白几分，依然沉在混沌空明之中。又过了一炷香工夫，听得门外地皮颤动，这回却是人的脚步，在牛车前停了。老聃知他定要检查牛车，顾自回想，竹笋、干肉、小米高粱饼、衣物、碎银子，都搬进屋里了，车里残留的，大概就是几颗青菘（大白菜），那是非三断粮的时候，应急用的。想到非三断粮，老聃有些小紧张，竹笋是应付不了几天的，非三已经很省了，一路尽量少吃不动，但路途遥远。只有路途上想办法了，不能让非三饿出问题。

门外的检查显然没有效果，脚步悄悄来到了门边——老聃甚至能听出脚步里的情绪——失望、警惕、愤怒。在莫煜厝的鼾声里，老聃听到门外那人的摸索，然后，窗户上"扑"的一声闷响——这是将窗户上贴的麻布捅破了，屋里是看不见的，这人多半没安好心。老聃伸手在榻侧的土墙上摸索一下，从凹凸不平的墙面上掰下一小块墙土（黄泥，极硬），一面虚眯着眼，朦胧看见窗户的小洞中伸进一个黑乎乎的杆状的玩意儿。老聃将手中土块轻轻弹出，正打在杆头，那杆忽地从窗洞弹出，窗外一声闷哼，然后一阵碎步，接着是一声轻微的"扑通"。老聃嘘口气，闭了眼，渐渐又入了混沌空明的状态，非三在地上翻了一个身，莫煜厝鼾声依旧。

莫煜厝睡得正香，嘴角泛着笑意，眼睛虚眯着一条缝，缝隙里只有眼白,黑眼球在眼眶里转来转去。老聃看他这个样子,笑道:"又在做美梦了。"

非三一屁股坐上榻尾,床榻那头竟翘了起来,莫煜厝呼啦一下惊坐起来,看见那头的非三,怒道:"非三,我正梦见在山头烤了一只野鸡,喷香,正要吃,忽然一失脚,就滚山下去了,野鸡也没了。原来是你在捣鬼!快赔我野鸡来。"

非三看莫煜厝坐起来,也从床榻上趔下屁股,床榻忽地回了原位。老聃说:"别闹啦,该动身了。"

莫煜厝望望窗外,还黑乎乎的。"早着呢,先生,你们还没睡吧。"

老聃笑道:"今日事多,早点赶路,晚上给你找个能烤火的地方。"

收拾停当,莫煜厝赶了牛车出门,经过驿站正门,却看见一个人趴在门槛外,一只脚搭在门槛上,睡得正香。大门外的木桩上拴着一只毛驴,正闭着眼睛打盹。莫煜厝十分惊奇:"这样也能睡着!"

老聃让莫煜厝停下车,自去桩上解了毛驴,牵到门边,又让莫煜厝把这人抱到毛驴背上。

"不好吧!"莫煜厝说,"先生,这样会弄醒他,兴许像我一样,会被搅了美梦的!"

"不会的。"老聃冲他示意,"快去,即使醒了,搅的也是噩梦。"

莫煜厝半信半疑,将那人从门槛上搬下来,"咦"了一声,发现却是昨天黄昏时候遇见的骑驴往洛邑走的年轻人,脸色酡红,看起来醉得不浅。莫煜厝嘟哝道:"年轻人不检点,醉成这个样子,连方向都找不到了!还沉得像死猪一样!"老聃帮他将人横放在毛驴背上,拍拍毛驴屁股,毛驴"嘚、嘚、嘚"向洛邑方向去了。

牛车愈往前走,两边的地势愈高,显然官道正在向崤山深处延伸。天色渐渐明亮,能看见官道两侧的山谷间稀稀疏疏分布着村落,连昌河在远处蜿蜒流淌,犹如一根白色的带子。炊烟比房屋更加稀疏,也不知是人去屋空,还是屋里的人都断了炊。

这一日,人和牛都没怎么歇息,官道虽然宽敞,但毕竟是山路,路面凹凸不平,老聃依然驾着车,莫煜厝非但不能坐车,反而需要时时帮助推车,不到午后,就累得够呛。但这一路渐渐有了些穿着士兵服装的男子,有人持着剑戟,有人又空着手,大都行色匆匆,也不知是有任务在身,还是楚国的士兵去投靠秦国或者是晋国的士兵要潜伏到楚国。每遇到这样的士兵,莫煜厝总是从他们扫视的眼神中看出野性,心里七上八下，只顾埋着头推车。这一日也算平安，行到日头偏西，远远望见连昌河谷里有一大片村落，村落靠山坡一侧，分布着一大片苹果树、李树，正发了新芽，看上去生机勃勃。

老聃望了望，道："今晚就歇这里，找一户农家，好好休息一下。"莫煜厝大喜。

进了村口，几家茅屋都是空房，再往里走，见到一个老头一个老太，莫煜厝正要招呼，老人急急忙忙关了门，任莫煜厝在门上敲了半天，也无回音。牛车继续往里，转过几株古槐，却见一家庭院，院门半掩，庭院整洁、房屋高大，想必是殷实人家。

莫煜厝怕再吃闭门羹，坚决不去叫门。他望着老聃推门进去，和人施礼，一个中年妇人和一个老人正在收拾农具，想是刚从地里劳作归来。两人一面回礼一面满脸诧异。莫煜厝心里紧张，生怕又错过这家，今晚又与热水无缘。过了一会，那妇人径直出来牵牛，老聃笑嘻嘻和老人进到屋里。莫煜厝大喜，帮着把牛车推进院里，在棚屋里将青牛拴了，这才随那妇人进了堂屋。堂屋陈设虽然简单，那几上却摊开一本简书。莫煜厝如见老友，恍若回了简园，想哭的心都有了。

原来这老人姓陈，本是村里望族，知书识礼，几个儿子学有所成，到四方游学，分别在周、楚、郑做了小官，战事频繁,归家不易,家里反而门庭冷落了。唯一留在家里的大儿子,去年病死,留下妻儿和老两口,带着两个老仆苦挨日子。

老聃不免嗟叹:"朝廷整洁漂亮,老百姓却田地荒芜,仓库空虚。那些穿着锦衣华服、佩戴利剑,有吃不完的美食、用不完钱的人,和强盗头子有什么区别!这不符合天道啊!"

莫煜厝感叹道:"没有看到百姓流离,田土荒芜,就不晓得这世界真是没天理!"

两人一席话,说得老人眼圈都红了。他吩咐女仆,去地窖里取来一小筐苹果,个个有小孩拳头大小,虽藏了一冬,色彩依然鲜艳,令人垂涎。老人道:"去年收下来,也不值钱,都藏在地窖里,以备春荒,年年如此。这个东西只是能顶顶腹饥,实在不合待客之道。"莫煜厝见果子都用清水洗涤过,早已忍耐不住,躬身就抓了一个,一口咬下,果然脆甜可口。

老聃却并未伸手,只是和老人寒暄:"去年收成如何?"

老人道:"去年天道甚好,风调雨顺,可惜来往过兵,庄稼被糟蹋不少。秋后情况稍稍好转,虽然粮食歉收,其他蔬菜水果也还充足,今春如无意外,大概不会饿死人吧。"

老聃点点头,顺手从筐里拈了一个果子,道:"大军之后,必有荒年。我看你们村外遍种苹果、李,可以弥补粮食收成不足吧?"

老人道:"李是夏天就收了,不能久藏,又被来往的士兵糟践不少,收成很少,我也有些存余,都酿了果酒。这苹果却收得不少,足够吃到今年夏天。"

老聃起身一揖:"老人家,我有一事相求,不知可否?"

老人赶紧还礼:"先生请讲,你我年岁相仿,如此客气,倒显得乡下人小气了。"

老聃道:"我欲向你求购一些苹果,用作一路充饥,不知可否?"

老人道:"何来求购,我见先生面容慈祥,气韵高雅,定是不凡之人,自家土产,对先生有用,是我的荣幸,先生离去时送些就是。"

老聃道:"此去路程甚远,所需数量不小。况且你也可购些粮食,以防饥荒。"

老人还要推辞,忽听得大门外乱哄哄的,老仆慌张进来禀报:"大门外来了一群人,多半又是乱兵抢东西的!"

老人道:"不必慌张,你先去将地窖掩藏好,万不可被发现,不然,会饿死人的。"老仆忙忙去了,老人说,"你们且坐,我去应付一阵。"自出了房门。

莫煜厝好奇,尾随到门边,看见外面火光通明,想是一群人举了火把,正在外面将院门拍打得咚咚乱响。院门只是木方上钉了几块板子，不甚结实，眼看着就要拍散。老人紧走几步，拉开门。几个壮年男子举着火把，呼啦啦拥了进来。为首是个黑壮的中年男人，一身黑衣，本就带了几分凶相，眉上又贯穿一道斜疤，就让他的笑脸也显得有些狰狞。莫煜厝看老人退了一步，那男子笑着在老人肩头拍了一掌，老人又是一个趔趄。一个举火把的男子忽然笑起来："发了发了，这里居然有头大青牛，吃不完的肉，还可以卖钱。"他眼尖，看到了院角棚屋里的牛车。

莫煜厝虚汗直冒："先生，他们发现牛车了，非三还在车里呢。"

老聃站起来，在他肩头一按："顺其自然。"自己推门而出。

一个男子手快，已经牵了牛绳，将牛转了方向，牛车嘎吱一声，也跟着一晃。

老聃满脸和气的笑容，清咳一声："各位且慢，老头子还要靠这头老牛回家呢。"那黑衣男子上下打量老聃一番，见他粗布袍帽，虽不富贵，但面容清癯，笑得甚是温和，但温和之中自有一种凛然之气，一时倒有些踌躇。

不想那拉牛男子，却是个行家，听得牛车转向的声音，觉得有些蹊跷，他"咦"了一声："这牛车又大又重，车里肯定装了值钱的东西！"右手放了牛绳，从腰间拔出长剑，径直去挑车围，左手执了火把，凑到车前，要看清车里藏了些什么。

老聃大叫一声："不可。"言犹未讫，男子火把已伸到围帐口，光亮还来不及照进去，一股风卷出，火把脱手飞出。

"藏得有人！"男子大叫一声，右手长剑本能地朝着车角黑乎乎的那一团刺去。一声闷响，男子倒翻而出，摔倒在地，手腕手背鲜血淋淋，长剑却从另一侧穿出围帐，"哐啷"一声掉在地上。

黑衣男子面色一变，纵身就到了牛车旁，他扶起地上的男子，见他手背上三条血痕，深可见骨，心下大骇。他环视一圈，见棚屋里架几根长木杆，自去取了一根，小心翼翼靠近牛车，其他几人也举着火把围了过来。老人不知就里，赶紧退回自家堂屋。

老聃急忙赶到车旁："各位，且听我说！"一柄长剑明晃晃地递过来，剑尖正对着他额头。老聃退回一步，闭了双眼，叹道："没有什么罪过比放纵不羁更大，没有什么祸患比不知满足更大，没有什么灾难比贪得无厌更大。"

持剑男子喝道："老东西，还敢嘀嘀咕咕，信不信我一剑刺你个对穿！"老聃摇摇头，乖乖把嘴闭上。

黑衣男子将木杆远远伸出去，将围帐撩开，只见车上隐约卧着一只巨兽,头部雪白,两个黑眼圈十分醒目,正似怒非怒瞪着他们。黑衣男子一下愣了,他似乎不相信自己的眼睛,与非三对视数秒,才低叫一声:"食铁兽!"声音里有狂喜,也有恐惧。

老聃听得有人低呼食铁兽,霍然睁开了双眼,只见那黑衣男子正欲松杆后退,那非三忽然低嗥一声,虎扑而出。黑衣人弃杆就逃,旁边两名男子左手执了火把,右手长剑同时刺向非三,非三体重,忽然坠下,两柄剑都刺了个空,非三双爪外推,两人胯上各吃一爪,腾空飞出。余下人齐声惊呼,蜂拥而出,一时间,走得干干净净。

非三却不依不饶,紧追而出,老聃十分诧异,低声道:"非三,适可而止!"非三恍若梦醒,止了脚步,呆立片刻,这才慢吞吞折回。

借着地上火把余光,藏在屋里的众人见非三高过半人,体型硕大,雍容华贵,全身黑白相间,对比鲜明却又协调无比,自有一股摄人神威。心中震惊,一时竟无人语。老人终究见过些世面,出了屋门,冲老聃一揖:"先生神人否?竟能指挥食铁神兽!"

老聃还礼毕,道:"惊扰了老人家,这食铁兽自小和我一起,故能交流。"

老人右手抚着胸口,一双眼睛却未曾离开非三,看他慢吞吞卧在老聃腿侧,乖得如同婴儿,甚是惊喜:"老头子年过花甲,只是听闻,不想今日竟能一睹食铁神兽之真容。"

老人重新将老聃迎进堂屋,那非三也不客气,摇摇摆摆跟随在老聃身后,老人甚是欣喜,不过几步路而已,竟然回头看了非三四五次。

进了堂屋,仆人已将晚餐端上来,却是荇菜、蒁菜,混着黄米、豆子熬成的粥,一人舀了一大碗。

老人道:"乡下简陋,不成敬意。只是食铁神兽,果然食铁吗?这个却是稀罕物件,乡下没有的。"

老聃笑道:"却也并非如此,他以箭竹为食,那也是个稀罕玩意儿。不过,今日你这里有样东西,他也可以充饥。"

老人喜道:"当真?"老聃点点头,也不客气,将桌上那一小筐苹果拿过来,递到非三面前,非三张开嘴,竟将一小筐苹果全部倒进嘴里。咔嚓咔嚓一番咀嚼,非三舔舔嘴唇,似乎还意犹未尽。

老聃收回目光,对老人欷然道:"实不相瞒,我本是周朝守藏室史老聃,因带食铁兽非三西行,不愿暴露行踪,故隐瞒了身份。今日行踪已露,恐为你等带来麻烦。今日那黑衣人认识食铁兽,定不是普通人物。明日一早,我等西行,老先生不如一起动身，投奔你儿子去。"

老人听闻此言，长长一揖："乡下传言，老聃饱学之士，精通易、礼，深谙天道，有知过去懂未来之能。今日得临寒舍，实在三生有幸。既然先生如此说，我等今夜收拾妥当，明日一早投奔郢都而去。"又招呼老仆将他去年酿制的李酒拿出来招待贵客，又唤出家人，一一见过老聃一行。乡下人听说食铁神兽，莫不敬畏，纷纷下跪叩首，老聃赶忙一一拉起。

见礼毕，老聃吩咐莫煜厝捧了些铜币与老人，道："老先生想必知晓，我想要的苹果主要是补充非三一路的食物，所需量大，你投奔郢都，也需要路费。老先生不要再推辞。"老人犹豫片刻，也就不再推辞。

晚饭毕，莫煜厝果然得了热水泡脚，甚是兴奋，睡得也甚为香甜。老聃见非三亦无睡意，问道："非三，你今日反应过激，是何原因？"

非三的眼睛忽然间在黑夜里熠熠生光，看起来今日之事，令他激愤。稍顷，非三缓缓道："我一见那黑衣人面孔，火光也照亮了我的记忆。近日这黑衣人常入我梦，梦中多是背影，我也瞥见过他面孔，但记忆淡薄，唯有眉间长疤，尚有印象。今日对视，记忆贯通，原来他正是将我母亲喂药剥皮的屠户。故心情激荡，主动攻击于他。"

老聃沉吟道:"如此说来,这屠户是商仝手下的人。他今日逃离,过不了几天,商仝定会追赶而来。看来得抓紧时间,过了潼关,可能会安全些。"

非三道:"近日身体困慵,时常梦见小时候母亲带着在虎牙峡谷里嬉戏玩耍,越溪流、捕竹鼠、逐小兽,但梦的最后终是我与母亲掉进陷阱,被人抬车载,一路出了深山。眨眼间又是母亲死亡,我被这黑衣人追杀,醒来时常常冷汗淋漓。今日见了这人,心情激荡,精神反而振奋不少。如若当真追来,我当视其如竹鼠,择机捕杀。"

老聃摇头道:"善为士者不武,善战者不怒,善胜敌者不与。你心情激荡,与平时不同,要渡过以后的艰险,恐怕不易。你也曾与我讲述,自然之中,相生相克,因为生存而猎杀,也符合自然之道。人类固然多了些贪欲,必受惩处,但人世间也有其规则,所谓美之所以为美,是因为有丑的存在;善之所以为善,是因为有恶的存在。有无相生,难易相成,长短相形,高下相盈,音声相和,前后相随。世界就是这样的。丑恶的存在,也是世间的本来面目。姑且顺其自然,任他去吧。"

非三垂头不语。

这一夜,床榻之侧的呼吸时缓时急,老聃虽入混沌,却难以空明,总看见起伏而开阔的深谷里,溪流潺潺,水中遍布黑白二色的石块，圆润细腻，溪流两侧缓坡上，箭竹密布，苍松翠柏延伸于后，直达山顶。清风吹拂，花香满谷。四面鸟语清脆，山岚流动，空气清冽。一只黑白相间的母兽摇摇晃晃行走在水边，一只小兽在溪流中的石块上跳来跳去，偶尔见到水边的雪堆，就跳上去踩几脚，一边听雪嘎吱嘎吱被压紧的声音，一边自己嘎吱嘎吱地叫。若是遇到悬冰，就在那冰面左顾右盼，或者伸出舌头舔一舔冰尖，然后一声尖叫，跳起就跑。母兽总是等在前面，笑盈盈的，绝不催促。

道可道，非常道！老聃有所顿悟，忽然蹦出一句。他觉得心中有股暖流，蜿蜒明净，正导引他洞悉一切，却又差着一线。说得明白的东西，未必是真理，还是顺其自然吧。他想。于是渐渐沉静下来，内心混沌空明。

第四章 初 窥

葛丹安安静静坐在马车里，听蹄声清脆。他闭着眼睛，只听两边的声音、嗅空中的气息，就知道马车驶出成周，过瀍水，过王城，再越过涧水，沿着雒水上行。每一个人有他自己独特的声音和气息，每一条河流也有它的声音和气息。涧水的哗哗声和雒水的哗哗声是不同的，就像一个壮实的汉子，他的喘息和一个精瘦的汉子是不同的。还有气息，沿着雒水上行，柳树的气息浓烈起来，世俗的气息淡下去，水的腥气浓烈起来，和葛家庄的溪流不同，那里的水，气味纯净，像未沾世俗的处子。水的气息浓烈起来，水草的气息淡下去，空气中凉意渐浓。不用看，葛丹知道，暮色降临了。

马车行走在崤函官道上。车夫是刘文公的人，归仲礼指挥，他自然该知道把葛丹送到哪里。葛丹不急。

"嘘——"车夫忽然勒住马，葛丹听到对面有毛驴行来，蹄声嘚嘚，走得不疾不徐，悠游自在。骑驴的人真是好心情，葛丹想。归隐之后，他和媳妇也曾赶过远些的集市，回来的时候，就是这样，不徐不疾，悠游自在。心闲天地宽，无欲岁月长。

想必是出了什么状况，车夫从车上跳下去。葛丹伸出指头，将车围轻轻拨开一条缝，看见车夫已经牵住了对面来的毛驴，毛驴上坐着一位摇摇晃晃的年轻人。脸色微红，像是宿醉未醒。

"仲先生——仲先生——"车夫大声叫道。车夫将仲先生从毛驴上扶下来，又从马车上取了瓢，跳下官道，下到雒水边舀了河水回来，含了一口，冲仲先生连喷了三口。又用布帕帮他擦净，仲先生两眼迷离之色渐去。

葛丹从车上下来，知这仲先生多半是中了迷药。看他装束与仲礼相差不多，估计十有八九是仲智。如何会中迷药，却不好开口打听，毕竟说起来是丢脸的事情。

车夫见葛丹下车，将两人作了引见，果然是仲智。只说昨夜老聃两人一牛车，就在连昌河谷的驿站，其他消息，却无从提供。葛丹心下盘算，连昌河谷距离此地，还有七八十里路，老聃又行了一天，总在百十里外了。看仲智模样，不休养几天，怕是难以恢复。心下当即有了主意，吩咐车夫将仲智先生送回，自己从马车上取下包袱，上了毛驴。背后车夫大声呼道："葛先生，前面五里就是驿站，都安排好了的！"

毛驴脚程虽不及马，但也比牛车快捷。第二日晌午就过了连昌河谷，进了崤山。连昌河谷地虽然也还平坦，但不及洛河两岸富庶，两边的山地，愈向西行，则愈贫瘠，有些土地显然撂荒已久，杂草丛生。有时能看见三五个散兵，忽然抢了路人的包袱,一哄而散。葛丹胯下的毛驴,并非无人觊觎,只是看他神态自若,不敢下手而已。折进崤山不过一二十里,葛丹看毛驴疲劳,路边正靠着一大块缓坡,坡上绿草丰茂,又卧着几块黑色巨石,旁边几株榆树,甚是高大。心下大喜,就将毛驴放于坡上,自己却在那巨石上躺下来歇息。

迷糊间,忽然听得脚步杂乱,又间杂着毛驴"啊哦——啊哦"的叫声,心下吃了一惊,睁眼一看,五六个男子正围着毛驴,一人执了缰绳,两个人正争着往驴背上爬,毛驴吃重,忍受不住,这才扬声大叫。葛丹大怒,从巨石上翻滚下来,喝一声:"住手。"

一个男人扭头过来,见葛丹布帽葛袍,手上一个粗布包袱,脸色黝黑,帽子几乎压没了眉眼,只以为是赶路的老农,冷笑一声,并不理他。葛丹慢条斯理走过去,他见这群人嚣张,倒也不担心他们抢了毛驴就跑。

到了两步开外,那两人还在争抢,围观的人终于忍耐不住,有人嚷道:"你两人一样的伤,谁都该骑,要么抢不赢的骑,要么就轮换着骑。"那两人并不言语,站在毛驴两侧,都想爬上去,看似腰胯受了伤,一时半会爬不上去,快上去了,对面人一推,又跌下去了。周围人一阵哄笑。

葛丹看这群人极有耐心,也不知是闲得无聊还是因为太有乐趣。看毛驴在两人间已经被推了几个圆圈，终于忍不住开口道："列位，闹够了就可以把毛驴还给我了，我还要赶路呢。"

他前面的两个人一起回头，瞪着他，仿佛气愤他扰了兴致。右边一人黑而壮实，眉上一道斜疤，右手按着剑柄，目光像刀子似的刺过来。葛丹笑笑，目光迎过去，淡淡地看着他。刀子渐渐变软，游移不定。葛丹看他握剑的手紧了又松，松了又紧，始终不敢抽出来。葛丹哈哈一笑："七八年了，屠不恶还是外强中干，欺软怕恶。"

"你是谁？如何知我大名！"疤脸汉子屠不恶沉声道。

葛丹将遮住眉眼的布帽向上拉了拉，疤脸汉子大声笑道："仲义先生，你真是吓死我了！几年不见，你咋越来越像个农夫了！"

葛丹笑道："我本就是个农夫啊。你带着这群小喽啰，又在哪里吃亏了？"

"说不得，说不得。这回撞上大事了，也不知是凶是吉。"

原来，这屠不恶本是秦国潼关卖狗肉的屠户，剥皮剔肉十分在行，而且逞强斗狠，泼皮无赖，样样精通，邻里无不畏惧。后来，商全经营些无本万利的生意，需用人才，就拉了他入伙，偶尔也卖卖狗肉，那不过是装装样子，不是真正生财的道路。

葛丹先前为刘文公办事，跟商全交道的时候见过他几次。十余天前，屠不恶在崤陵关得商全传书，要他带几个精干兄弟，到洛邑一聚，准备干一桩大事。他本来正准备回潼关，于是折而向东，路上错过了驿站，本是想找个村庄借宿，结果张扬惯了，却遇上食铁兽，触了霉头。

屠不恶嘴上说说不得，心里早就想一吐为快。不待葛丹追问，他早已竹筒倒豆子一般，将偶遇食铁兽之事抖了出来。当然，最先逃跑的事情，自然不会交代。

"真是稀罕，我都有七八年没见过活的了。"屠不恶说得激动，手都有些微微发抖。

葛丹暗想，商全要干的大事，大概就是找寻食铁兽一事。如此看来，食铁兽真有，而刘文公也志在必得。但看屠不恶脸色，昨夜定是惊吓不浅，这食铁兽真是传说中的神物？看来此去还得万分小心。

"毛驴我是不能给你们的。你们可以老老实实往东，估计商全会派人在路上接应你们。"葛丹笑嘻嘻道。

"既然知道是仲义先生的毛驴，送给我们也不敢要的。"屠不恶说，态度十分恭敬。

牛车愈往西走，两旁山势越高，树木渐渐稀疏，冷风阵阵，春日的气息竟然淡了许多。非三的食量也比以往大些，竹笋已经没了，从陈老先生家购买的两筐苹果，也去了一半。老聃面色平静，内心里却有些焦虑。

"莫煜厝，我们离开洛邑几天了？"老聃问道。

"今天第6天了。先生，你都问了10遍了。"莫煜厝仰望着老聃。

"你不识数，我哪里问了10遍？！"老聃辩解道，"如此看来，我们离崤陵关不远了。"

"西蜀还很远吗？"

"远。"

莫煜厝不说话了，走了6天，他倒是越走越有精神。

"非三非三！"老聃喊道。

非三在牛车里趔了趔，隔着围帐拱了拱老聃的后背，表示正听着呢。

"我正在研究一门功夫，可以叫'断谷'，就是不吃东西，只要吸食天地之气即可，从天地之气中获取能量，贮存于丹田之中，平时散布于四肢百骸，即可维持人的行动。近日略有小成，这才说与你听，想了解一下这和你们的曼荼有无相通之处？"

"这个我确实不知。我的见识差不多是与生俱来，来自族群的知识几乎为零。只有近来梦见母亲，才对自身的一些特征豁然贯通，这些东西大概也是与生俱来的，到了一定时候，自然知道。就我所知，我们的曼荼能够贮存能量，而且运用自如，无需学习，它就是我们体内的另一个自我。牺牲曼荼之力，维持肌体运行，这也有的。很小的时候，母亲告诫过我，我们的一生，有两种花决定我们的命运，一个是珙桐，你已经知道。另一个是曼陀罗，想必你也听说过。"说到这里，非三顿了顿，他的语气极慢极轻，显然是尽量省一些气力。

老聃背对着非三，几乎靠着非三嘴唇的颤动就能明白他的话语。他习惯性地点点头："我从《九州大荒录》里看过，曼陀罗是西昆仑神物，有奇妙功效，但有福也有祸。"

非三道："正是。曼陀罗有四种花色，白色、黑色、蓝色、粉色。四种花色功用各不相同。母亲告诫我说，黑色绝不可沾，它会让曼荼的能量散入皮毛，最后曼荼不能再聚，这就相当于人类的形神俱灭。母亲死前，就是食了黑色曼陀罗制成的药物。其他三色，却是视情况而定。具体用法，母亲耐不住我磨蹭，只说白花可以将曼荼散入四肢百骸，但能量却会被消耗，日日减少，时候一长，曼荼耗尽，就不能再生。蓝色和粉色，那和机缘有关，一般是遇不上的。我知道，连母亲都未曾见过曼陀罗，因为它们生长在另一个更加绝密难以抵达的秘境。"

"如此奇妙，你们实在是天地造化之精啊！"老聃感慨万千。

"非也，世间万物，都是天地造化之精，人太自私，只考虑万物为我所用，却从不认真了解而已。"

老聃无言以对。

莫煜厝在道边折了一根比拇指粗的荆条，一会拄路，一会又用来抽打路边的野草。见老聃和非三又嘀嘀咕咕，忍不住抱怨道："先生，你和非三还有秘密吗？"

老聃骂道："你这笨蛋，我们的对话非三懂吗？"

莫煜厝嘻嘻笑道："先生，那你给我翻译一下你和非三说的话，怎样？"

老聃眼珠一转："好啊。我们正在交流武功。"

莫煜厝一下子来了兴趣："非三还懂武功？我以为兽嘛，就是扑、咬这些本能动作！"

老聃哼一声："无知浅薄。道法自然，自然界就是我们的老师。我不是说了，非三就是你的老师嘛！"

莫煜厝挠挠头："我以为只有论到道，他才是老师呢。这么说来，他的爪子一挥，就是武功了？"

老聃白他一眼："你去挥一下，就把剑打落，把人打飞？！"

莫煜厝歉然道："我当然不行，我还以为就是运气和蛮力哦。"

老聃见莫煜厝这几天辛苦,有心引导他,说话间,伸手夺了他手中的荆条,执了两端,一用力,荆条就弯成了一张弓。"曲则全。"老聃说,"如果不会弯曲,就会折断,像硬木,一折就断。弯曲不仅能够保全,还能够蓄积能量。"

他松开一端,荆条忽地弹出,从莫煜厝脸旁擦过,虽只是一阵风,却也隐隐作痛。"人要向自然学习。"他忽然一拳击向莫煜厝面门,莫煜厝慌忙低头,他收回拳头,继续说道:"你懂得弯腰,躲过了伤害,保全了自己。"忽然将荆条刺向莫煜厝腹部,莫煜厝不及反应,小腹上正中了一下。

老聃说得高兴,从牛车上跳下来,将荆条递给莫煜厝,道:"来,你刺我。"

莫煜厝拿了荆条,犹豫片刻,不知该从何下手。老聃催促道:"你快啊!"莫煜厝学了老聃的样子,对着老聃小腹刺去,老聃并不退步,一收腹,荆条刚刚刺拢衣服,莫煜厝方向不变,跨前一步,继续刺去。老聃就像一片纸,顶在荆条顶端,向后飘去,口里还一边说道:"你要完全放松,把自己想象成风,成流水。你见过被刺伤的风和流水吗?"

"先生,真是太神奇了!你这是修炼到神仙的境界了吧?"莫煜厝松开荆条,老聃像一片落叶,轻轻飘下。"我能不能修炼到你这样？"

老聃上上下下打量他一番："等你少吃点东西，长得像我一样瘦，就行了。"

莫煜厝："就没有其他捷径，比如有一本修仙的书，坐在屋里就可以练出来的？"

老聃："修炼，修的是心，练的是体。没有煎熬，如何成功？"

莫煜厝摇摇头："那还是算了。"

老聃上了车，走了几步，莫煜厝小声说道："先生，后面远远的有个骑驴的，好像一直跟着我们。我觉得有点奇怪，是不是那天驿站里喝醉酒的年轻人？"

老聃笑道："有可能。"

莫煜厝疑惑道："他跟着我们干啥呢？难不成想感谢我们？"

老聃说："你怎么觉得可能是那个年轻人？天下骑毛驴的多得很。"

莫煜厝道："如果只是闲人，他的毛驴比牛车快多了，为啥不超过我们呢？"

老聃道："万一是想抢我们青牛的强盗呢？"

莫煜厝吓了一跳："大白天呢，没有王法了！"

老聃摇摇头:"王法用来治理老百姓,权贵们不遵守。王法越多,天下就会越乱,强盗也就越多。周朝的王法不可谓不严谨,然而,天下战乱不歇。"

莫煜厝点点头:"先生所言极是,以前待在朝中,感觉还不明显,此次出行,才知天下完全不是我想象的样子。"

老聃笑道:"你想象的天下是个什么样子?"

莫煜厝有些不好意思:"我以为,最少也可以衣食无忧,还可以喝点小酒,唱唱山歌。结果,想都不敢想。"

老聃沉吟道:"所以,不论是姬朝,还是姬匄,要治理好天下,都需要好好研究。无为而治,他们都觉得可笑,以为只要抓住权力,就抓住了治理天下的关键。"

莫煜厝似懂非懂,依然点点头:"先生,那我们现在怎么?"

"顺其自然嘛。"老聃又把眼睛闭上了。

毛驴虽小,但耐力极好。到第3天上,葛丹就追上了牛车。他想了很久,最后还是选择了尾随,见机行事。官道只有一条,他们大摇大摆行进在官道上,难不成自己走旁边的荒野跟踪,费时费力,而且,真如传言中老聃善卜,知过去未来,又如何藏得了行踪?不过欲盖弥彰罢了。况且以葛丹性格,办事从不喜欢偷偷摸摸,干坏事都要光明正大。

果然,那牛车依旧走得不紧不慢。葛丹也就慢条斯理远远跟着。

傍晚的时候,牛车到了崤陵关,关口开阔,地势平坦,两面山壁陡峭,树木茂密,愈往里,山谷收窄,一道夯土的关墙横亘眼前。关墙有些破败,了无遮挡,有些位置已经垮塌,起了风,风从山谷穿过,显得迅疾了许多,再从关墙的缺口穿过,发出呜呜的响声,有些瘆人。如此险要的地方,竟然也会废了,葛丹甚觉奇怪。入了关门,左侧一个大院,排着七八间房,葛丹眼看着牛车驶入大院,并没有立即跟进去,他骑着驴,又往前走了一段,直到院落尽头,方才折回来。那一排房屋,依山而建,都是夯土的墙壁,屋顶茅草稀疏,想来也是冬天漏风,夏天漏雨。背后陡崖高约四五十米,十分险峻。

慢悠悠转了一大圈,葛丹方才牵着毛驴从正门进去,此时夜幕已重,本以为老聃一行已经进屋歇息,不想他们在院子南边生了一大堆火,火上吊了一个小铜壶,正在烧水。牛车就停在那边的客房边,牛卸在一边,正嚼食豆饼。葛丹有些意外,他四处张望了一下,除了老聃二人一牛车,整个院落里空空荡荡,一幅破败的样子,好像已很久无人居住。莫煜厝手里依然拿着路上折下的荆条,用来刨火,老聃坐在火堆旁,微闭着双目。

葛丹有些进退不得。从来没有这样的状况,以前面临的都是敌人、对手,追击、等候,一旦面对面,都明白对方是来干什么的,没有废话,拔剑相向,三下五除二解决战斗。现在,面对一个老人和一个看似什么也不懂的庸常之人,自己扮演的却是一个强盗,要从对方手里抢东西。他还真有些不适应。

走一步看一步吧。而且,看老聃悠闲的样子,也不知道是胸有成竹,还是茫然无知。也许,这个东西还不好抢,虽然他笃定,要抢的东西就在那牛车里,近在咫尺。如果对手不明白他要抢,不设防,他还不好意思下手。

葛丹牵住毛驴走向火堆,莫煜厝抬头看着他,离得近了,见他一身粗布袍帽,却不是那日醉酒的年轻人,那人穿的可是锦袍。是闲人,还是强盗?莫煜厝无从判断,虽然看起来这人相貌普通,面带微笑,表情上没有恶意,但谁知道他心里的打算呢?莫煜厝嘴张了张,没出声音,也不知该不该招呼他。老聃依然闭着双目,仿佛睡着了。

"可以借你这儿暖暖身子吗?"葛丹笑着招呼。

"这个——"莫煜厝扭头看看老聃,老聃依然闭着双目,连呼吸声都轻微得仿佛听不见。

"请吧。"莫煜厝只好说,"就是没法坐,我也是在那边草丛里搬了两块石头。"

"没关系的。"葛丹一面将毛驴拴到靠近牛车的客房窗户上,一面屏息凝神,耳听得牛车里传来悠长、轻微而平稳的呼吸。

葛丹自去草丛里搬了石块,在火堆旁烤了一会,西风一吹,火苗忽伸忽缩,飘摇不定,照得三人脸上忽明忽暗,阴晴不定。

葛丹待手烤暖和,见火堆上的铜壶咕嘟咕嘟煮起来,知道水开了,自去包袱里取了肉干、豆饼,随手将一大块野猪肉递给莫煜厝:"来,野猪肉,熏熟的干肉,自己在山里打的。烤热了更香。"

"我们带了干粮的。"莫煜厝推拒道,他从牛车上摸索一阵,拿了干粮,又拿了几个苹果。

葛丹在火中找了根硬树枝,将肉穿了,在火上烤一阵,果然香气扑鼻,他随手撕成两块,自己先咬了一口,把另一块递给莫煜厝:"来,出门在外,这个才顶事。"

莫煜厝再不好推拒,接了干肉,又觉得受之有愧,从火堆中抽了根燃得旺的树枝,去那空屋里搜索一阵,居然找出三个土碗,用滚水洗了,盛了三碗开水。先递一碗给葛丹,再放一碗在老聃面前,老聃依然闭着眼,呼吸平稳悠长。

莫煜厝轻轻咬下一口肉,果然十分受用,待细细嚼下,方才与葛丹招呼:"壮士是猎户?"

葛丹正端了碗,吹了几下,喝下一小口水,回道:"平时采葛种麻,闲时上山狩猎。"

莫煜厣"哦"了一声,继续问道:"看壮士十分悠闲,不知西去何处?"

葛丹不想莫煜厣如此耿直,问话也不绕圈子,好在这种问答倒是十分普遍,也就无需费心编造。

"西去潼关,看望一朋友。"他想,姑且就把屠不恶做一回朋友,虽然他不在潼关,我往潼关去,也不算十分撒谎。

莫煜厣又"哦"了一声,初次见面,终不好往深里问,一时竟然无语。

葛丹见他尴尬,笑着问道:"看先生仪表雍容,不是普通人,却不知因何西行?"

莫煜厣本来知道,陌生人初次见面,互相打听,本是常事。自己问了,对方答了,是真是假,也无从判断。但轮到自己了,说真话还是假话,他却没有想好——或者说编造谎言他还不能信马由缰,顺手拈来,一时语塞。正在这时,老聃伸一个懒腰,道:"好香!好香!莫煜厣,你又在偷嘴了!"

莫煜厣松了一口气,应道:"先生,你醒了。我哪里去偷嘴,都是这位壮士,拿了野味招待我们。"

老聃目光停在葛丹脸上,葛丹也不回避。老聃微微一笑:

"壮士也是刘文公的猎户吧?"

葛丹心知老聃并未真睡,却不知他如何判断自己就是刘文公的人。既然都打开了天窗,那就说亮话——其实他从来就不习惯藏藏掖掖的。

"以前是,今天也算是。"葛丹爽快应道。

"好!爽快人。"老聃点头道,他伸手取了一块豆饼,又端起水碗。"赶了一天路,累了,也饿了,先吃点东西。"又吩咐莫煜厝:"你去让非三吃点东西,车上冷,他要喜欢的话,让他到火堆边烤烤火。"

葛丹见老聃对他毫不避讳,心下明白,老聃是胸有成竹。

那非三从牛车上摇摇摆摆下来,往火堆旁一卧,吃了莫煜厝递来的几个苹果,然后闭了双目,再不瞧三人一眼。

葛丹心下震惊:天下真有神物!这食铁兽黑白二色生得甚是奇特,鲜明而谐和,步履雍容,大气内敛,与一般兽类完全不同。与人相见,既无小兽的畏惧乞怜,也无猛兽的狂躁凶猛。反倒像对人有一种悲悯之意。

老聃目光温和,一直停留在葛丹脸上,此时见他脸色震惊,缓缓道:"你是刘文公的人,那么,这食铁兽非三就是你狩猎的对象了。"

葛丹一听此言,豪气顿生:"正是!"

老聃摇头道:"你我虽然初见,但见你言谈举止,知你行事磊落,为人坦荡。做事又常常亲力亲为,想来家庭和睦,牵挂颇多,何必行此有悖天道之事?"

葛丹一震,只见一面,竟能断人根底,心下对老聃竟多了几分佩服。但忠人之事,怎可临阵退缩。他摇摇头。

老聃又道:"看你气色凛然,亦颇自负。但刚则易折,如要强行,恐怕事情难以如愿。"

葛丹一揖:"我听说老聃一生多观奇书,又修行不辍,身赋异能。但葛丹应人之事,自当竭力而为,岂可知难而退。"

老聃点点头:"勇气可嘉。你既不退,老夫先陪你活络活络身体,也让你心中有底。非三一路劳顿,待会他可陪走一个回合。"

葛丹听得逆耳,但看老聃说话郑重,心中也是凛然。

老聃从莫煜厝手中要过刨火的荆条,对葛丹道:"看你双手,当是练剑之人。我本不用武器。兵者,不详之器也。但为了表示尊重,我以荆条为剑。你取剑吧。"

葛丹不敢轻慢,赶紧从包袱里取出短剑,精神内敛,以剑指地。

老聃笑道:"好,还知尊老。那我就先出手了。"言毕,轻抬手中荆条,轻飘飘向前刺出,随口吟道:"道生一,一生二,二生三，三生万物。"那荆条击出，一变二，二变四，瞬间到葛丹身前，竟然密密麻麻全是荆条，葛丹不知那根才是真的，飘身后退，荆条一顿，仍是一根。

葛丹甫动，面前荆条一动，又是密密麻麻一片。葛丹连退三大步，竟然无法出手，眼见已退到土墙边，再无退路。葛丹机智，第四步竟蹬上墙面，身体瞬间高出一截，又借了这一蹬之力，伸剑，从斜上方直击而下。

老聃道一声："好！"身体随风飘退，竟如顶在剑尖的飘絮，这一剑就差着分毫。老聃却是双手余闲，伸右手荆条，从容击在葛丹右腕上，短剑"当"的一声，掉在地上。

莫煜厝眼见你来我往，手心里渗出了汗水，及见葛丹短剑掉地，长出一口气，呼一声"好"！非三躺在火堆旁，懒洋洋地扭头看一眼，见是短剑掉落，他的眼睛又闭上了。

葛丹满脸惊惧。自从出道以来，刀来剑往，叮叮当当，无论输赢，都觉得酣畅淋漓。输得如此莫名其妙，还是第一次。

但就差一点，这一点无疑深如巨壑，无法逾越。

葛丹的惊惧尽收老聃眼底。他心中轻轻一叹，道："葛壮士，你可就此回去交差。作个闲人，何等乐事！"

"不！"葛丹竟愈挫愈勇，他捡起短剑，沉声道，"世间难事，你只要努力去做，就没有那么难。"

老聃悚然：我读书悟道，也不过是努力，外加缘分而已。这年轻人倒是值得敬佩。

"好，我尊重你的选择。"老聃道，"我也不食言，你可和非三交手一个回合。不是我轻视你，非三攻击只用一招。你若退走，他绝不追击。而且，我对武功的领悟，也来自非三。你与非三一回合之后，是否退出，你自己决定。"

葛丹握着剑，站在非三面前。非三躺在地上，闭着眼。

"曲则全。"老聃说，"非三是不会主动进攻的。他虽然闭着眼，但他可以不视，不听，他能感知气息流动。你快他亦快，你慢他亦慢。你可以随便攻击他。"

葛丹将信将疑，握剑站了良久，那非三果然躺在地上，闭着眼。葛丹无奈，举剑刺出，却是个虚招，刺到一半，见那非三丝毫不动，心想刘文公需要活物，生怕老聃夸大，伤了非三，忽地倒转剑柄，撞向非三颈侧。葛丹猎过猛虎，知道动物颈侧薄弱，攻击易收成效。眼见剑柄撞到非三颈侧，葛丹大喜，以为收了奇效。忽然手下一滑，非三颈侧皮毛就像被风吹拂开，自己身体拉开，竟成覆水之势。心下大骇，腰胯间忽受重击，竟然直飞过火堆，摔在地上。

只是一招。葛丹脸色灰败，耳边听得老聃说道："这正如下棋，你一拈子，心中就定了棋路，也就分了胜负。莫煜厝，你这回明白没有?"老聃道。

莫煜厝说:"还是不太明白。"

"悟性太差,与道无缘。"老聃摇头道,"居善地,心善渊,与善仁,言善信,正善治,事善能,动善时。夫唯不争,故无尤。莫煜厝,早点收拾收拾,准备歇着吧。明天的事情还多着呢。唔,真是奇怪,这崤陵关如此险要,刘文公的人为何不在此设伏呢?"

葛丹躺在地上,听老聃前言不搭后语的一席话,心中一动,竟觉亮堂了许多。至于刘文公的人为何不在此设伏,葛丹也不明白,难道刘文公绝对相信他的实力,没有再派出人手?如果是这样,刘文公就失算了。

这一夜,西北风断断续续的,风中时不时夹杂着马蹄声、驴叫声,随风声席卷而过。驿站里却甚是安静,到天明,天高云淡,东边天际一抹红云,竟是难得的好天气。驿站里毛驴无了踪影,也不知葛丹是夜半还是凌晨已悄悄离开。

第五章 入 彀

"先生，非三是不是病了？先前他走路虽然摇晃，但极沉稳，今日晃得踉跄，怕是昨夜烤火太热，半夜气温下降，冻感冒了。"莫煜厝有些着急。

"非三出生地，地势高峻，气候寒冷，哪里那么容易感冒！非三自从离开洛邑，每日食量控制极低，而且他主要以箭竹为食，苹果只是临时充饥还可，数日竹子食入不够，脚步自然虚浮了。现在寻找箭竹实在不易，若能寻得慈竹、斑竹、楠竹等的竹笋，也能抵挡一阵。"老聃一边说话，一边拿大拇指顶着自己双眉之间。

"这崤山之西，当多慈竹，我们一路要留意一些。"老聃叮嘱莫煜厝。

牛车驶过昨夜烤火的那一堆灰烬，莫煜厝还有些兴奋："先生，非三本领如此高强，在简园为何从不显示？想来那时我经常在他身上拍拍打打，想想都后怕——要是他也给我来那么一下，我岂不是废了！"

"我不是给你说过吗？这正如下棋，你一拈子，心中就定了落子位置。你平常和非三嬉戏，你一伸手，轻重、好歹，都定了。你无攻击之心，非三当然无还击之意。"

莫煜厝咋舌道:"非三这也能分辨?"

老聃点头道:"非三既然为神兽,总有些过人之能。"

莫煜厝回想起昨夜一战,竟然如此简单,总有些疑惑:"这葛丹是刘文公派来捕捉神兽的,怎么会不堪一击?他是不是昨日吃了亏,吓跑了?"

老聃摇摇头:"这葛丹本是高手,也是天性坦荡之人,不屑于使用卑鄙手段。他只是忠人之事,迫不得已。我实在不愿看他陷入此等不义之事。因此,我欲不战而屈人之兵,让他知难而退。因此,动手也就点到即止,我一上手,就以全力封堵他,待他全力出击,招式用老,我就有余暇一击成功。等到他和非三动手,却是受我语言暗示,加上非三慵懒,他误以为是轻视,一畏一怒,心浮气躁,加上时机把握不好,所以,他一招即败。这倒并非他实力太弱。此人聪慧,我给你讲的这些道理,估计昨夜他也就想明白了。昨晚他不过受些皮外挫伤,不曾伤得元气,吓跑是不会的,我倒希望他明白些道理,自己悄然而去,过另一种潇洒闲适的生活,不枉其聪明才智。"

莫煜厝笑道:"先生总是希望人人闲适,偏偏这世界上的人,总希望做英雄,出人头地。"

老聃叹道:"无为而治,当是正道。听你意思,也希望做个英雄？"

莫煜厝道："世道如此混乱，我倒希望出来个大英雄，一扫魑魅魍魉，从此天下太平，百姓安居乐业。只可惜我做不了这样的大英雄。"

老聃摇头："能一扫魑魅魍魉固然痛快，但这个过程中却有多少不相干的普通百姓因此受到伤害，甚至丢掉性命。即使是恶人，也应该由天道惩罚，夺他性命。所谓的英雄替天行道，就如同代替高明的木匠去砍木头，很少有不砍伤自己手的。所以，任何形式的战争，都是有悖天道的——偏偏又难以规避。圣人之道，知之者甚少啊！"

两人有一句没一句的，赶着牛车驶出崤陵关。关谷时宽时窄，老聃一边说话，一边敛神屏气，提防着两面山林中的动静。和风吹送，鸟鸣幽谷，一路竟十分顺畅。出了关谷，视野豁然开阔，老聃才放下一颗心来。渐渐行至日上三竿，空气愈加暖和，莫煜厝走得微微冒汗，解开衣襟。路上行人渐渐多了，却极少步行的百姓，多是骑驴的，甚至骑马的人奔驰而过，大多腰间悬了刀剑，甚至有几个人背上还负着硬弓。莫煜厝心中疑惧，但这些人并不停留，也不多看牛车一眼。莫煜厝一面宽慰自己，一面抬头看看老聃——他又微闭了双目，任牛车慢条斯理前行。

牛车爬到一个小山包上，忽然后面蹄声得得，一辆马车疾驰而来，前面赶车的却是个武将模样的人，挥着鞭子，大声斥马。瞬间就来到牛车后，牛车体宽，官道并不下两辆车。马车被迫缓下来，赶车的武将性急，大声喝道："前面牛车，赶紧让开！"

莫煜厝有些手脚无措，老聃睁开眼，望了望两侧山坡，指挥莫煜厝道："那边山坡青草茂盛，我们过去歇息，正好让青牛也吃些草。"

莫煜厝拉了牛头，往道旁山包上让，偏偏官道经常过车，车辙颇深，沿着车辙向前，尚无多少感觉，现在要横移，就体会到不容易了。老聃从车上跳下来，牵了牛缰绳，斜拉出道，莫煜厝站在车后帮着推。武将心急，不断骂骂咧咧，等到牛车侧着移出官道，马车缓缓启动，走到青牛身边，他挥起手中马鞭，就朝青牛抽去。莫煜厝吓了一跳，生怕青牛吃痛，拉了车在这山包上乱跑，来一个车毁牛亡。眼看那鞭子抽到牛身附近，就像被风吹了一下，擦身而过。武将连抽两鞭，均是如此，"咦"了一声："撞到鬼了！"脸上有些畏惧，驾了马车，忙忙去了。

莫煜厝解开青牛，放于小山包上。阳光温暖，山包上地势平坦，青草像一床柔软的绿毯。莫煜厝本来坐了一块石头，后来，看老聃斜倚在车辕上和非三嘀嘀咕咕，官道上也无人迹，觉得了无约束，就仰躺在草坪上，分外惬意。

非三卧于车内，迷迷糊糊的，总在梦与现实中不断穿越。

"你看你，像不像那颗毛蓬蓬的满天星？"母亲认真地端详非三的脸，又看看树脚下那一丛满天星，笑道。正值初春时节，箭竹还捂在雪中，山下的木竹却已经竹笋拱动，枝梢上添了新叶。母亲带着五个月大的非三，穿出虎牙大峡谷，沿着溪流，下到更低的河谷里，那里生长的木竹，是他们这一时期的主粮。去年冬天的满天星，头上顶着一团白色的絮，看着都温暖。非三在溪流的回水里照照，满脸蓬松着柔软还有些弯曲的雪白长毛，要不是标志性的黑眼圈，还真像一朵满天星。溪流里的回水打着漩，越来越快，把非三的圆脸拉成了两条鱼，黑白分明，两只圆圆的眼睛就陷在鱼身上。忽然之间，水里的圆脸移到了秘境之中，旋转的似乎是母亲的脸，先前还黑白分明，后来，黑白流散，白中有黑，黑中有白，非三只从那两个小圆圈中看到母亲关切的目光。母亲怎么了？非三依稀记得，立夏时上到秘境，珙桐树丛上，气息流转，会逐渐旋转成这样一个图形，母亲说，那是曼荼的能量在汇聚流转，重新分配。母亲怎么了？

"你还好吗？"非三听到老聃在车围前问道。

他清醒过来："还好。"

"我听你气息沉重，与平时不同。"老聃说。

"还好。"非三应道，"近日虽然有些消瘦，精神还好。曼荼之能，也未受影响。如无其他意外，应该可以顺利回到虎牙。"

"我见你近日消瘦了不少，颇有些担心。"

"要是能寻得一片竹林，即使不是箭竹，也可以刨些竹笋，运气好的话，逮两只竹鼠，还可以打个牙祭。"非三老老实实说道。

"我一路都在留意，此离秦地渐近，想来竹子不会是稀罕东西。"老聃笑道。

"先生先生！你看那边山头，是不是像竹林？"莫煜厝忽然叫起来。老聃起身过去，莫煜厝站在坡顶的一块巨石上，指着远处两座山梁后的一片缓坡道。只见坡上一片茂密的绿色，整齐有致，不似其他山坡，高树、灌木、杂草，参差不齐。

"看不清楚，有可能像吧。"老聃虚眯了眼，总是辨不出竹影婆娑的味道。

"看起来就在官道旁边，走吧，没有两三个时辰，是走不到的。"老聃道。

崤陵关已过，昨夜和上午那些来来去去的人，身份甚是可疑，特别那武将，虽然装得很像，但十有八九是探听虚实的。

这群人多半是接应葛丹的同伙,如要打劫非三,他们为何不在峟陵关设伏?难道是没有赶上?还是另有阴谋?峟陵关设伏,老聃能想得到,不设伏,而另有阴谋,老聃就有些担忧了。

没有退路,顺其自然吧。老聃想。

葛丹一夜无眠。疼痛是次要的,皮外伤而已。年轻时候也输过,然后不断成长,最终变成了赢家。但这次输得心服,输得彻底,看似永远没有扳平的机会。现在如何去面对刘文公?任务艰难,他也有估计,但现在看来,要完成几乎是不可能的,即使耍诡计,恐怕也难以奏效。屠不恶手下腰胯受伤,看来和他受非三一击一样。看似简单的一招,却无破解之法。你明知道对手要这样攻击你,但是,你的攻击竟然像是送上门去让他攻击!如果非三是神,老聃就是鬼。身体如无质之物,可以随着剑气飘浮,竟是闻所未闻。偏偏他们又随和、内敛,毫无恃强之心,一般的好强之人,都难以与他们起冲突。所以,老聃的本领,在朝中从来都是传说,说的人多,信的人少。

葛丹苦笑一下,他其实也是不信的人。

驿站外,偶尔的蹄声,葛丹知道,后面还有刘文公源源不断的人。为了救命,刘文公会在所不惜。这些人,和先前的他一样,也是不信的人。

凌晨时分,他睡不着,悄悄爬起来,院子里一片月华,万籁俱寂。南边的客房里传来轻微的鼾声,看起来在只有草席的破床上,他们和衣而眠,也睡得很香。窗户是破的,门是破的,他此时完全可以破门而入,兴许可以偷袭得手。

他不相信偷袭可以得手,他也不屑于偷袭——宁愿不成功。

他们没有回头路。反正睡不着,不如往前走,见机行事吧。葛丹想到此处,悚然一惊:他们没有回头路,自己有吗?

没有答案。他牵了毛驴,悄悄出来,趁着月色,一路向西,也不骑行。走路还可以思考。

天渐渐明亮了,夜里的露气很重,帽子已经湿了,衣服上挂着密密的一层小水珠。这时候倦意忽然上来,他寻了路边不远的小树林,找了块空地,小寐一阵。醒来时顿觉精神百倍,又吃了些干粮,骑着毛驴抖擞上路。行了不到半个时辰,听得背后马蹄声、车轱辘声响得急促,自驱了毛驴顺着路边走。哪知,车夫嘘的一声,将车停在他旁边,商仝的脸从车围中伸出来,问道:"和老聃动手了?"葛丹点点头。

"怎么样?"

"失手了,毫无胜算。"

商仝若有所思:"刚才我们在路上遇到他,故意激怒他,结果,老聃竟十分示弱。只是我的手下连抽了两马鞭,居然都抽不到一头青牛。真是邪乎。"

葛丹没说话,只在心里想,等你和他真正交了手,才知道什么是邪乎。

商仝看他反应不积极,以为是失手之后,情绪低落,便安慰道:"不着急,胜败是常事。我与刘文公商议,本准备在崤陵关设伏,我请了一位高人参谋,他却不同意,说是有十拿九稳的计策。一会在前面会合之后,还请你一起商量,看看计策是否有疏漏之处。待捉到他们,既遂了刘文公心愿,也出你一口恶气。"

葛丹笑笑。商仝看他矜持,心下有些不满,但他走南闯北,官场、民间,这种自以为是的人见多了,也不意外,当下一拱手,自己先一步走了。

葛丹又走了十余里,忽见路边丛林里,隐约有人窥视。他估计是商仝的手下,也不在意,只是暗笑这些人不知老聃手段,如此欲盖弥彰,当真让人笑话。

转过一个山弯,迎面一道垭口,两侧的景物又不相同,左面山壁陡峭,稀疏生长着松柏、槐树,地面灌木杂草丛生,右边却是一个缓坡,路边二三十米平坦的草坡,杂生着几丛紫荆,草坡边缘,一片翠绿覆盖,却是几百上千亩慈竹,长得青翠苍劲,风骨凛然。那坡宽阔平缓,竹林疏密有致,仿佛时常有人间伐,慈竹不仅匀称,竹丛之间还有通道,宽处竟可过车。

一个黑衣长身的年轻人,戴着斗笠,垂首站在路边,等到葛丹走近,躬身道:"葛先生好,商仝先生请葛先生一叙。"葛丹一听,却是仲礼,四面并无人影,葛丹点点头,也不多问,下了驴背,牵着毛驴,跟在仲礼背后,跨过草丛,进了竹林。林中竹叶、竹箬铺了厚厚一层,走上去十分软和。愈往里,竹林渐渐密实,有些地方遮天蔽日,阴暗而暖和。那竹林十分宽阔,竹丛间的空隙里,又间杂几棵楝树、榛树一类,从林中翻过左侧山脊,密密实实仍无边际。

山脊那边,排着十来个黑衣人,商仝锦袍皮帽,左手边是那日雒水边骑驴的年轻人,右手边是一个体型瘦长的蒙面黑衣人。葛丹见那黑衣蒙面人身影十分熟悉,却不知在哪里见过。

商仝与葛丹见礼毕,伸手一指左手边:"仲智,想必葛先生已经见过。"

葛丹点点头,伸手将手中毛驴缰绳递出:"你的毛驴,现在可以还给你了。"仲智有些尴尬,一招手,后面来一个黑衣人,牵着毛驴去了密林深处。

商仝伸手一指右边,略略一迟疑,随即说道:"你们终究要见面的,这是巫沅先生。"葛丹大怒,反手从包袱中抽出短剑。

商仝急忙站到二人之间:"葛先生且慢,巫沅先生是友非敌。其中缘由稍后再谈!"

巫沅冷笑道:"葛先生,你在我后背刺了一剑,我没找你报仇,你倒拔剑相向,也太小气了吧!"

商仝解释道:"巫沅先生投药于刘文公,也是逞一时之气,后来一直后悔,这次愿意将功赎罪,帮助捉拿食铁兽,以解刘文公之毒。"

葛丹道:"他就是你说的高人?"

商仝道:"巫沅先生精通楚国巫术,年轻时候行走蜀地,与西蜀羌人的释比(巫师)交往密切,他是我们所有这些人里面最了解食铁兽的。食铁兽天生神力,不针对其弱点,是难以捕捉的。请巫沅先生谋划如何捉拿食铁兽,也是刘文公恩准了的。"

葛丹听闻此言,知道捕捉食铁兽,他已经变成了配角。

巫沅道:"食铁神兽以箭竹为主食,也可食用其他嫩竹或者竹笋。老聃从洛邑出发,虽可车载箭竹,但食铁兽食量巨大,即使牛车满载箭竹,也不过三五天便吃完。听屠不恶消息,食铁兽早已该断了粮。老聃一定会沿途寻找竹林补充食物。这官道两侧,西至函谷关,就此有一大片竹林。况且这里比崤陵关地势开阔，便于多多埋伏人手，不至于因为位置狭窄，发挥不出数量上的优势。"

葛丹这才明白，不在崤陵关设伏，是因为早有安排，并非人手不能及时赶到。但他也不得不佩服巫沅的见识，以老聃或者食铁兽身手，在崤陵关据险而守，那真是一夫当关万夫莫开，商仝的人，只能一个一个地上去送死。这里就不一样了，可以从四面八方围攻。

商仝道："我们的人预先埋伏在竹林深处和对面的山坡上，等他们一进入竹林，对面山坡上的伏兵就从后面断其退路。"

葛丹道："我和他们交过手，他们如果要突围，恐怕不易阻挡。"

商仝道："这一点我们早有预计，所以，所有埋伏的人都备了硬弓，防止他们突围。何况，青牛和莫煜厣是他们的弱点，以老聃胸怀，是不会舍弃他们的。"

葛丹听他说得如此周详，也不得不佩服。巫沅看他无语，表情颇为得意。

商仝追问道："葛先生还有何疑虑？"

葛丹道："你让对面山林里的人退后两里，把路上丛林里监视的人全部撤走。估计一个时辰之后，老聃就会到此。"

商仝点头道："好。"随即指挥手下人四面埋伏。

葛丹和仲礼分别跃上竹林间夹杂的楝树上，楝树略高于竹梢，藏在树丛中，正好监视远处的道路。葛丹四处张望，竟不知那巫沅藏身何处。

果然，一个时辰之后，老聃的牛车到了山垭，莫煜厝见面前清幽幽一大片竹林，大喜过望。老聃凝神静思一阵，道："去吧。"

莫煜厝从牛车上取出简园斫竹的斧头和制简的竹刀，径直去了竹林。老聃看他的身影越走越远，隐隐总有些不安。莫煜厝在竹林口子上转了几圈，又在竹篼上刨了刨，他似乎还想往里走，但又有些犹豫，他往竹林深处望了望，林中明亮而安静。他终于还是没有往里走，原路返了回来。

"先生，有些蹊跷。"他满脸疑惑，"竹笋应该长出来了呀。我刚才看到那几拢竹，居然都没有竹笋，我就这样想。后来仔细察看，发现竹笋确实长出来了，只是被人贴着地面铲掉了，要不是我看有些土微微湿润，上面的竹叶掺杂进了土里，我还不怀疑呢。挖竹笋的人该不会只铲走一点笋尖吧。"

"哦！"老聃望望天，日头西斜，已变成淡红，仿佛正将那一丝丝暖气慢慢抽回，山间黄昏的凉意渐渐在弥散开来。一瞬间，他转过若干念头：走——留——走——留？几圈转过，他忽然发现自己就是个笨蛋。如果商仝在此设伏，能让他走吗？如果商仝在此设伏，那就是说还要向前走多久才可能再有一片竹林！请君入彀，不去，赶也会赶进去的。砍了口子上的竹笋，就是要让他们进到竹林深处，才好合围，这么一看，左边山头大约也埋伏了人。罢了，去吧，进去也好，竹林还可以遮蔽一下，要是在这大道上，来一阵乱箭——老聃不愿往下想了。

"走吧，挖了竹笋，今晚就可以在这里过夜了。"老聃道。

"不怕埋伏？"莫煜厝说，他也想到了。

"怕有什么用？是福不是祸，是祸躲不过。你实在怕了，待会赶紧先挖几根竹笋，让非三吃了，然后就躲他的怀里吧！"老聃大笑。

"先生，有你在，我不害怕。"莫煜厝挺了挺胸，牵了牛车，穿过草坪就往里走，老聃背负着双手，慢慢跟在车旁。进了竹林，莫煜厝挑竹丛间的宽敞的空隙，过一辆牛车竟然轻松自如，只是需要转来转去地走，进去十多米，里面果然能看到破土而出的竹笋。山里气温偏低，这个时节，竹笋大多才半尺来高，十分鲜嫩。

老聃随手折断一根拇指粗细的竹枝，枝上又连着小枝和竹叶，像一柄扫帚。他凝神听了听，林子里十分安静，连鸟儿的叫声都十分稀罕，藏在竹林极深处，偶尔才传出一两声。

"挖吧。"老聃吩咐莫煜厝。莫煜厝就在车前,背对着老聃,先用竹刀将土刨开,再用斧头砍下。竹刀太小,刨土并不趁手,刨到第三个,莫煜厝已经微微有些喘气了。他停下来,用竹刀削去笋衣,果然先给非三送了一个去。咔嚓咔嚓,非三几口就嚼下一根。莫煜厝削掉三根竹笋的笋衣,连气都没歇匀,非三就将三根竹笋吃光了。

非三伸个懒腰,从车上爬下来,摇摇摆摆走到竹笋前,伸出前掌,将竹笋四周的泥土拍松,三两下刨去泥土,轻轻一掌,将竹笋拍断。看似不紧不慢,但他拍断七八根,莫煜厝才刨到第二根。

葛丹在树梢眼见着老聃犹豫片刻,仍然进了竹林,却不深入,知道老聃已疑埋伏。心下不禁佩服老聃见识。

仲礼见牛车不再深入,却传出啪啪斫笋的声音,当即伸出手臂,朝对面山崖上轻轻挥一挥手,想必对面山顶有人专门负责瞭望。一会儿工夫,山崖上草丛中溜下十几个黑衣人,手里都执了弓箭,慢慢朝这边竹林合围过来。老聃听得官道上响声,扭头看见黑衣人慢慢围来,他们手上的弓箭,要射他们,虽有些阻碍,却也能从竹子的空隙间射进来。

"这是要把我们逼进去。"老聃叹口气,指挥莫煜厝赶着牛车再往坡上走,自己手上握着竹枝,走在最后。又行了二十余米，里面空隙渐渐狭窄，牛车不能再走，竹林外的人要射他们，却也不易，需要进入竹林。外面的人见老聃等进入竹林深处，却不再追。老聃思忖片刻，知道这些人定有极厉害的后着，也不犹豫，将牛车圈在竹林空隙里，从莫煜厝手里接过斧头，将旁边的两拢竹噼里啪啦砍倒，横七竖八堆放在几拢竹的空隙里。非三心思极巧，一看老聃伐竹，也举起前掌，一掌一根，一会工夫竟推倒七八十根大竹。不久工夫，一人一兽竟然用倒竹和天然的竹丛，围成一个两丈见方的战壕。内外都能看见人影，箭要射进来，却实在困难。况且那竹丛极大，都在三四米见方，想要穿越，当真不易。

竹林外一群人见此，虽是训练有素，脸上也有些失色。

"坚持到天黑，就会好些。"老聃安慰莫煜厝，"他们怕黑，非三不怕。"

老聃指挥莫煜厝卸了牛车，让青牛卧在竹丛边。竹林脚下，更是密不透风。老聃这才松一口气。青牛在简园拉竹简，与老聃相伴也有数年，老聃绝不愿青牛命丧于此。

一阵竹叶轻响，商仝带着人从右面山脊冒出来。

"老聃先生，我尊你是饱学之士。你和莫煜厝先生自行离开，我们绝不为难于你，只将这牛车和食铁兽留下即可。"

老聃坐在一根斜搭着的大竹上，并不理他。

商仝又道:"老聃先生,你是讲道理之人,这食铁兽本是十余年前从我这里得到,今日交与我,也算是物归原主。就算你养大了他,我可以算些钱给你,从此,你我两清,何乐而不为?"

老聃颤悠悠坐在竹竿上,依然不理他。

商仝简直苦口婆心了:"老聃先生,你也是朝廷官员,我寻这食铁兽是受刘文公之命,刘文公也是将这食铁兽敬献周王。你这样执拗,有违礼法!"

老聃哼了一声:"强盗而已,你也配谈礼法!"

巫沅越众而出,低声对商仝说:"食铁兽不惧夜色,你看现在已经日薄西山,老聃是在和你拖时间,我已准备就绪。你就无需再和他浪费口舌。"商仝不再说话。巫沅一挥手,五个黑衣人张弓搭箭,箭头上缠着湿漉漉的黑布,各自寻找空隙,对着老聃的"战壕"射来,大多箭矢都射在外围的竹子上,也有越过竹墙掉进去的,正所谓强弩之末,毫无力量。

五个人射了一阵,竹子上插的箭矢渐渐多了。老聃耳畔听得箭矢如此乱射,心下疑惑,忽听得滴滴答答,插在高处的箭矢上,渐渐滴下汁液。他心里一惊,四面一扫,只见每支箭头上都裹着黑布,这时,黑布上渗出的黑色汁液,散发着淡淡的甜香。

毒液？他心头一凛。

"黑色曼陀罗！"他忽然听到非三慢慢说道，声音里没有恐惧，仿佛还有一种崇敬，他的眼神有些傻傻的。

黑色曼陀罗！老聃吓了一跳，这种香气，只对非三有毒。他明白，自己低估了这群人。他脱下身上的袍子，罩在非三头上，也不管这种方法是否有效。然后，将衣服下摆一裹，执了手中竹枝，从竹墙上飞身而出，借着竹林遮掩，直扑开弓五个人。须臾之间，就到眼前。五人只见眼前竹影婆娑，一丛竹枝扫在脸上，顿时晕了过去。老聃一手揽了五张弓，将所剩羽箭尽数折断，返身而回。

五个人距离只在商仝与老聃中间，老聃突然出击，须臾即回，仲礼不过刚拔了剑出来，巫沅根本就没动，眼睛里似乎还闪着冷笑。

老聃把射在竹墙上的箭一一抽出，弯弓搭箭，径直射向竹林外，只听羽箭凄厉，穿竹而出，只有箭头掉落远处，剑杆尽皆折断。竹林边的黑衣人脸色大变，纷纷退到官道上。

夜色降临。竹林外，篝火渐渐燃起。巫沅站在暗处，冷冷说道："释比虽也能配药，与我的却相去甚远。我这药，食铁兽闻了香气，神力也会散去，不过慢些而已。老聃怒而出手，定是食铁兽已经吸了我那药物的香气。等到明天，食铁兽就不是强敌,而是老聃的累赘了。"

葛丹在背后听了,一时觉得浑身发冷。商仝听了,一面笑着称是,一面心中却嗤道:哼,算你手毒,人家释比把你当朋友,你却为了药方杀了他一家。固然现在你的药改进了,把人家治病的药改成了杀人的药,但要没这释比,你有啥本钱在此牛逼哄哄的!

商仝去过西蜀,他知道当地人把食铁兽叫貔貅或者貊,都是奉为神兽,绝不踏入食铁兽领地半步。释比们祖祖辈辈传下的药方,辛辛苦苦找到的神药,只会用来拯救神兽,而从不敢有亵渎之心。如果不欺骗那些山民,商仝也无法将食铁兽运出西蜀。人既在尊重神兽,又在利用神药伤害神兽。

——何止是神兽,也包括神。商仝饶是胆大妄为,想到这里,也忍不住打了个寒噤。

第六章　脱　困

　　远处的篝火忽明忽暗，火旁一会就有人起来走动一阵。近处黑魆魆的竹林里隐藏着时急时缓的呼吸声。莫煜厝终于忍不住，爬到牛车里睡了。老聃静静地坐着，脑子里混沌而空明。非三身上依然盖着老聃的袍子，他忽然坐起来，眼睛睁得圆圆的。老聃睁开眼，低声问道："非三，不舒服？夜里温度下降得多，你莫不是身上发冷？"按老聃的理解，中了黑色曼陀罗，正如人在散功，能量渐渐散去，人就会越来越怕冷。

　　"不是冷，是有些燥热。"非三说，"曼荼散入皮毛之时，能量外泄，身体自然发热。好在先生出手及时，我所吸入香气不多，现在才慢慢有些反应。"这曼荼散入皮毛，自己却无法控制，不同于发力时自然进入四肢百骸，能量可以为四肢所用，因而身体虽然燥热，但四肢却软绵绵无力量。就像蓄了一池的水，原本流到四块田里，现在水源被控制了，流向田里的水口被堵了，却另开一个孔洞，放到别处去了。这话非三没说，他怕老聃担心。

　　沉默了一会，非三又道："先生，你睡吧，我反正也无睡意。有事情我就推醒你。"

"我倒无妨,自从断谷之术略有小成,我常常有睡即是醒、醒即是睡的感觉。置身空明,虽不睁眼,却对外物一目了然。你却素来喜欢睡觉,明日还不知这些人有何手段,你正该多多休息。"

"恭喜先生,终有一天,先生可以不食五谷,吸空气,饮露水,从此御风而行,自由自在。"非三咧嘴笑道,"我有一事请教先生。这一两天,我一闭眼,就看见秘境中琪桐树顶,一个不断旋转的图案,就像食铁兽的脸,转得快了,就是一半黑,一半白,像两条互相追逐尾巴的鱼,黑的一半镶了一只白色的眼睛,白的一半却嵌了一只黑眼圈。不过,无论怎样旋转,我都能看出,那就是母亲的脸。我不知是吉是凶,因此甚是困惑。"

"黑中有白,白中有黑——阴中有阳,阳中有阴?流转不息?生生不息。大吉也!虽险于困境,但阴阳互逐,力量不断交互变化,自然可以脱困而出。"老聃微一沉吟,颔首道。

"谢先生吉言,但愿此次西行,不至于祸害先生才好。"

正说话间,忽觉地下微微颤动,老聃大吃一惊:难道他们掘了地洞来攻?非三却喜道:"先生果然吉言,老天送美味来了。"侧身躺在地上,将耳朵贴在地面,眼珠随着地下的微微颤动,从空地一直盯到竹丛下,老聃正不知所以,非三忽然一掌，拍着地面——想是非三吸食药气果真不多，这一掌依然把地面打了一个窟窿，只听窟窿里"呼呼"喘气，像是小动物愤怒之声，非三更不迟疑，将爪子迅速伸进窟窿，一把抓出只肥硕的小动物，隐约可见几颗呲着的大门牙。

"比简园里的竹鼠大多了。"非三叹口气，一掌将它拍昏，顺手丢在牛车里。

"既是美味，你应该高高兴兴将它吃了，也可以补充体力，为何却叹气？"老聃惊奇道。

"它们的确是美味，我们也要食肉，而最主要的就是竹鼠的肉。小时候，母亲在竹林里教我捕捉竹鼠，那是非常快乐的日子。竹鼠喜欢夜间行动，我们白天在箭竹林里根据它们活动的轨迹，找到地道。到了夜间，就埋伏在地道出口附近，等他临近出口时，将地道拍塌，断了它的后路，然后捉它就很容易了。"非三脸色温暖，眼波流动，仿佛重回虎牙大峡谷。

"不过后来……"非三话头一转，脸色凝重，"我母亲却因它而死。我只记得当时，我们被装在金属的笼子里，从虎牙一路出来，后来上了船，再后来又上了岸，在马车里颠簸了好几天，到了洛邑。上岸之后就没有箭竹了，我们饿了几天，那感觉真是难受。到洛邑后，有人就投了竹鼠肉到笼子里，我一直想吃，母亲不准，到后来，我实在忍不住了，母亲说，她先尝尝,如果没有问题,我再吃。结果,母亲尝了,那些人在里面下了黑色曼陀罗制成的药。后来,母亲就死了。从那以后,我见了竹鼠,虽然习惯性地要抓,但抓住之后,却下不了口,常常把玩一阵,依然放它离去。"

老聃见过非三在简园捕获竹鼠,逗弄一会,又放走了,或者就被莫煜厝弄去烤熟了吃。老聃一直以为在食铁兽的食谱里,没有竹鼠这道菜,现在才明白,竹鼠是非三心里的一个劫。

天色渐渐明亮,竹林里有些薄雾,水珠从竹叶上滴答滴答落下来,莫煜厝从车上探出头来,四面望了一眼:"我们还活着?"老聃闭着眼没理他,莫煜厝知道老聃并未睡着,嘟哝道,"说句笑话也没有人响应!"自去牛车里翻找干粮,忽然间见到车上竹鼠,肥嘟嘟至少有四五斤重,吓了一大跳。

商仝的人吃着干粮喝着水,并无攻击的动静。莫煜厝咂吧嘴,仰着头接了几滴竹叶上掉下的露珠。

"现在该怎么办,先生?"他满眼期盼。

老聃扭头看看非三:"感觉如何?"

非三翻身走了几步:"还能走动,但觉力气似乎弱了一半。"

老聃点头道:"看来外面包围的人都知道你中毒,都在等你完全失去力量。我们必须找救兵了。"他仰头尖啸一声,声音高而悠远，外面的人都朝这边看。连青牛也停止在竹枝的嫩竹叶间拱来拱去，扭头看着老聃。

须臾，一对白鸽从远处山巅的树丛中腾空而起，眨眼飞到竹林上空，径直投入林中。

"他们能帮什么忙？"莫煜厝瞪着眼睛。

老聃不理他，让他拿了竹刀，剥下些竹篾，指挥他绑了竹鼠。这才从自己衣襟上撕下一块布，折了根小竹枝，吩咐莫煜厝用竹刀割开竹鼠腿上血管，用竹枝在布上写下一行血字："关东三十里官道被困竹林老聃"。然后绑在一只鸽子腿上，一边咕咕咕咕和鸽子说话。一扬手，两只鸽子腾空而起，直奔西去，林中一只羽箭嗖地穿出，无奈慢了半拍，在鸽子身后力竭而坠。

鸽子转眼消失在西边的薄雾中。一声唿哨，商仝的人从草坡上、竹林深处，渐渐又围了过来，走到一箭开外，也不再走。商仝和巫沅越众而出，葛丹站在远处，冷冷注视。

商仝道："老聃先生，你偷放一对白鸽，估计是报信搬救兵去了，我劝你还是放弃食铁兽算了，你是国之重器，我们也不想与你为难。你也不想想，我在周、秦、晋、楚等地经营多年，无论江湖还是军队，哪里没有我的人？你一个守藏室史，能搬来什么救兵？！"

老聃道:"我已数日不曾吃饱,哪里有什么精神和你讲道理!"

商全道:"这个简单,只要先生现在放弃食铁兽,我们马上奉上食物、饮水、铜板,以先生本领,天下之大,哪里都可以自由自在。"

老聃笑道:"你还懂自由自在,你身体自由了,心自由吗?"

商全一愣:"我心有何不自由?"

老聃嗤笑:"罢了罢了,你心早为钱财奴役,哪里懂得还有什么自由!"

葛丹在旁边听得明白,隐隐约约觉得,老聃倒并非在耻笑商全,自己虽然隐居,但瞻前顾后,内心何时真正放松过,又谈什么自由呢!

巫沅冷冷道:"商全先生何必与他废话,他不过在和你拖延时间而已。"转头又对老聃道:"老聃先生,你即使有救兵,也解决不了你的问题。你也拖不赢我们,不知你的食铁兽还能站立否?"

老聃笑道:"这倒不劳你费心,你有胆量过来,让他给你一掌否?"

巫沅冷冷道:"老聃先生,我尊你精通玄学,与我也算半个同道,如此尊重于你,你却如此不识大局。"

老聃冷冷一笑："看你昨夜手段邪恶，当是来自楚国西南沅江一带吧。同是巫，你要是有苌弘先生一半的忠诚正直，我也认你是半个同道。"

巫沅笑道："老聃先生果然好眼力，你博览群书，既然知道我来自沅江，当知'兵者，诡道也'。和敌人交手，哪里讲什么光明正大。"

老聃摇摇头："阴险狡诈还是光明正大，那是一个人的品质，和与谁交手无关。像你这样的人，恐怕和你的同道，和你身边那些人，背后也少不了阴险的手段吧。"

老聃此言一出，那群黑衣人表情微变，似乎有不少人都认同老聃之言。葛丹在旁边听了，更是忍不住想赞叹一声。

巫沅冷着一张脸，道："我也不与你逗口舌之利，还是好好动动脑，思量如何保全自己吧。"他回过头，将仲礼、仲智招到面前，又冲葛丹招手，葛丹不知他葫芦里卖的什么药，本不想搭理，但都是给刘文公办事，也只好前去。

巫沅拔剑在手："老聃太强，我们无人是他对手。但他厌恶兵器，从无伤人之心，你我四人联手，却可以与他一搏，虽不一定能制服他，如能驱赶他，也是奇效。"

仲礼有些兴奋，仲智在老聃手下吃了个哑巴亏，心里窝着一肚子火，早就跃跃欲试。两人一听此言，都点头称是。

葛丹摇摇头："我虽不是老聃对手，但也不愿意倚多为胜。"

巫沉冷笑道："你是不是和他一战，被吓破胆了？"

葛丹大怒，正要发作，忽然想起老聃说过的一句话：夫唯不争，故无尤。脑袋一下冷静下来：和这种翻云覆雨之人争什么！当即淡淡道："破不破胆无所谓，但几个人围攻一个人，我却至少有五六年不曾干过。"

商仝知道葛丹在这四个人中武功最高，他不出手，其他三人联手又有何用。当即劝道："葛先生，我们都是为文公办事，大家应群策群力，同舟同济。"

葛丹冷冷道："即使文公就在面前，也不会强迫我和你们一起去围攻一个人。何况，文公也不曾交代我要与你们联手。"

商仝一看，大敌当前，绝不能撕破脸；要撕，以后有的是时间。当即脑子一转，道："葛先生，这样吧，你虽然不与他们一起围攻，但可以和他们一起防止老聃攻击，你看如何？"

葛丹点点头，忽然想起一事，扭头对巫沉说道："巫沉先生，你既然说你的药如何厉害，为何老聃吸入，功力却未受影响。否则我们何必防他？"

巫沉随口答道："这药物主要是黑色曼陀罗，只对食铁兽有用，人畜却是无害。"

葛丹听了，只觉得一颗心直往下沉。

老聃见四人执了长剑站在最前,担心他们一齐冲击,现在非三难以自保,如若四人同时围攻自己,若要保全,免不得要下狠手,伤人自然在所难免,心中恻然。

但四人并不进攻,老聃心下明白,巫沅嘴硬,但并不自信。这黑色曼陀罗以前都是食入,现在这样,恐怕也是巫沅第一次使用,对非三到底有多大效果,他其实也拿不准。如此看来,商仝的人也不敢贸然进攻,老聃心中踏实几分。

太阳渐渐升起来,薄雾散去,林子里铺满了金色的光斑。老聃依然坐在斜倒的竹竿上,微眯了双眼。

两只血鸽一路向西,山谷间薄雾略有阻碍,不过一刻钟,也即飞抵函谷关,歇在了关楼上。

尹喜每日寅时打坐,卯时总要到关口上巡视一番。他人生得高大,在周朝做了几年大夫,见朝中官员痴迷权势,生活奢侈,全无体恤百姓之心,竟将为官之心淡了,渐渐喜欢上清修,一日顿悟,辞了官职,准备回上邽(今天水)老家潜心修养。过函谷关时,竟遇上邽同乡在此做关令。他乡遇故知,自然免不得一顿老酒,又约来些同乡,竟然坐了好几桌。羌人爽直好朋友,生性又不喜受约束。喝得高兴,都劝尹喜:西去遥远,这里关谷狭长,清净之处颇多,入关不远,有些闲置房舍,都可清修。如有所成,也可带着大家一起修炼,到时候共同做神仙，岂不快哉！

尹喜本来性情豪迈，为人随和，听同乡说得都有道理，又同是上邽羌人，自有一种亲近感。因而留在函谷关，做了个小吏。不久，原来的关令病亡，尹喜人缘极好，又是当时"天下十豪"，本领自不必说，于是守关将士一起举荐，就做了函谷关关令——于他而言，关令对他来说，哪里来的诱惑力，不过是借此方便清修而已。

尹喜登上关楼，东方天际一抹红云，正是朝日欲上之际。那红日欲上未上，天边越积越厚，竟然成滚滚涌动之势，翻卷奔涌之际，云色由红而紫，呈向西奔腾之势。山谷间雾气上升，紫云渐渐变淡。一会儿，雾气更重，天空变得灰蒙蒙的，目力已不可远及。

尹喜愣了愣：天现异象。紫气东来，难道有圣人现身？回了身，准备沐浴之后，再占一卦，以卜吉凶。刚欲下关楼，听得背后翅膀扑棱棱响，一回头，见一对雪白鸽子，身上无半点杂色，眼珠却如红玉，正落在关楼楼顶，四处张望。

真乃神物！尹喜赞道。

那鸽子甚是灵性，听得尹喜声音，一双红玉石的眼珠，竟目不转睛地望着他。尹喜看这鸽子似乎与他有缘，觉得有趣，当即微微一笑，也不下楼，就站在楼梯口看这鸽子。

两只鸽子面对面看一眼，咕咕叫了几声，一只鸽子振翅一飞，就到了尹喜面前的箭垛上，咕咕叫了两声，一双红玉石眼珠紧盯着尹喜。尹喜看那鸽子如此动作，脚上又拴着一个布条，心下惊诧——难道这鸽子是来送信的？当即伸出手掌，那鸽子果然振翅而起，歇在他手掌上。尹喜解下布条，那鸽子翅膀一抖，盘旋而起，又歇在了楼顶上。

尹喜打开布条一看，一行血字："关东三十里官道被困竹林老聃"。心中又喜又惊。原来天现异象，是老聃东来。他为大夫之时，视朝中大多官员如行尸走肉，不喜欢与他们往来，只是喜欢向老聃请教，虽老聃喜柔，为人随和，但比他年长许多，修为又高，他需仰视，因而不好意思时时叨扰，内心里却从来尊为老师。辞去大夫职位，他还曾向老聃辞行，后来在函谷关落脚，他也曾带过书信告知。

老聃为何忽然西行？他身为守藏室史，通玄学，天下闻名，又是何人如此胆大，竟将他困于官道之旁？

心中疑惑，不及细想，他飞奔下楼，招呼了二三十名羌族兄弟，短衣快马，长枪硬弓，出关而去。

春秋末期，军中尚以步兵、战车为主。但西北人生性豪爽，喜欢来去自由，素有骑马习惯。尹喜平时在函谷关，往往有些需要紧急出动的时候，也专门训练手下骑马射箭，不想今日用上。

崤函官道上，二三十匹奔马疾驰，扬起尘烟滚滚，一时惊煞多少眼球。余下守关将士，见关令出得如此急促，急急闭了关门，全神戒备。

半个时辰不到，尹喜已见前面一大片竹林，竹林东面，白烟滚滚，两只白鸽在烟雾边盘旋，竟无法飞下。林中忽然射出一支羽箭，箭头裹着油布，点了火，擦着白鸽而过。那白鸽被火一吓，竟不敢再在上空盘旋。

何人如此歹毒？也不知老聃情况如何，尹喜心里焦急，纵马上了垭口，看见一群黑衣人张弓搭箭，面朝竹林，全神戒备。林中烟雾四起，有些地方，地面的落叶已被点燃，火团冒出，渐渐向四周蔓延。他知老聃定然被困此处，时间一长，必定丧命火海。当即也不客气，吩咐手下纵马搭箭，一阵乱射。可怜那些黑衣人，听得背后马蹄声响，只来得及回头，就看见迎面一阵乱箭，一时间，死的死，伤得伤，逃的逃。

尹喜心细，先前看到射白鸽的羽箭，却不是从这个方向出来，他知林中还有这些黑衣人的同伙，当即带着众人策马回到官道上，只带了几个身手了得的兄弟，悄悄潜入林中，其他人依然张弓搭箭，在路边戒备。

老聃没有想到商仝终于忍不住了。阳光渐渐明亮，地面的落叶又渐渐恢复干爽柔软的样子。一支羽箭"咄"的一声钉在老聃头顶的竹竿上，箭头上火焰忽地一下往上窜去。老聃抬眼一望，七八个黑衣人弯弓搭箭，这回剑杆上裹的却是油布，成了火箭。一时竹竿上、地上都落了些火箭，有些在空中完全熄灭，但大多数箭矢落地之后，一阵白烟，马上"轰"一下就冒出火苗。好在竹枝清幽，一时半会不会燃烧，地上的竹叶却慢慢燃了起来，烟雾阵阵。老聃无奈，只得跃出竹墙，伸手拔了插在竹墙周围的羽箭，张弓搭箭，从竹林空隙处，对着那射箭的几人，连发三箭，连中三人右臂。余下的人竟不敢再射，都躲到竹丛背后。

老聃回身就走，正要跃上竹墙，忽觉背后尖啸，急忙俯身，一枝羽箭贴着后背，咄的一声，连穿对面两根竹竿。他回头一看，巫沅正弯弓向他射来第二箭，旁边竹丛后同时闪出一人，腾空而起，手中长剑直削他双腿。老聃原地不动，双脚发力，脚下架着的竹竿忽然下坠，干尾的枝叶被反弹而起，直接将持剑偷袭的黑衣人扫翻出去。羽箭穿出竹叶，失了准头，从老聃的右边射过，咄的一声，又钉入竹竿。

持剑那黑衣人翻身而起，飞身上了竹墙，手中利剑闪电般直刺老聃面门。老聃见正是那晚驿站吹药偷袭之人，当下也不客气，待剑到面门，方才将头往右一偏，顺势将手中弓背，击上那人手腕,右脚飞起,已揣在对方腰胯上。仲智趁着巫沉偷袭老聃,率性出击,也有些年轻人逞强斗狠之心,一剑不中,心犹不甘,等到第二剑正面击出,连后续动作都没来得及做出,人已摔出四五米远,重重跌落地上,正好压熄了竹叶上燃起的一团火。一柄长剑却丢在了竹墙内。他翻身爬起,一瘸一拐跑回去,屁股上挂着一支羽箭,模样甚是狼狈。原来他这一坐,不仅熄了火,那点火的羽箭也正好刺破了他的裤子。

老聃捡起长剑,伸指一弹,叹道:"兵者,不祥之器,非君子之器,不得已而用之!"

这时候林中烟雾更浓,双方全神戒备,都不敢妄动。

老聃心中焦急,如若这火烧起,待会非三失力,如何冲得出去?眼见着火苗渐渐舔上竹枝,熏烤一阵,竹枝竟也燃了,发出"噼噼啪啪"的声音,正好掩盖了天空中鸽子咕咕的叫声和路边黑衣人的逃跑声。

好在无风,大火和烟雾一时还没有裹挟而来,但空气却渐渐热起来了。青牛有些躁动,在竹围里来回走动,莫煜厣满脸焦急,紧张地盯着老聃。只有非三躺在地上,微闭着双眼,呼吸却还匀称。

老聃推推非三:"怎样,还能走动吗?"

非三睁开眼，一脸难以置信的模样："真奇怪。我本来都在等着曼荼散去，也懒得想它，脑子一直在想秘境中见到的这个图案，哪知想来想去，曼荼居然不再散去。"

老聃大喜："那你就继续想！"

这时候，老聃忽然听到竹叶沙沙，脚步已近竹墙，心想这一分神，敌人竟然逼近，急忙抬身，却看到一张熟悉的面孔，手持一柄长枪，小心翼翼搜索而来。他大喜：救兵来了。

尹喜一见老聃手持长剑，满脸从容，分外惊喜，翻身入了竹墙，见里面两人两兽，甚是惊奇。老聃也不解释，两人略一商议，必须尽快将这群黑衣人驱赶走，方能安全离开。尹喜当即招来随行的兄弟，分持弓箭长枪，他二人却各持长剑，悄然而出，要探明商仝等人的位置。

巫沅连续两箭偷袭不成，仲智又被老聃一脚踢回，有心立功的人都有了惧意，只指望这一番烟熏火燎，能逼走老聃，再去劫出食铁兽，也是大功一件。一群人躲在远处，却是各有盘算。那仲礼十分谨慎机智，两次箭射白鸽，已在防止变数。巫沅受商仝之邀，却只为利来，绝不能将自己置身险地，若是老聃与食铁兽一并被烧死，他也就一走了之，少挣些钱而已。葛丹虽曾身为刺客，却又有一分侠义胸襟、忠勇情怀，与老聃交道不过一晚，对老聃气质、本领却甚是敬佩，对莫煜厣的憨直印象深刻。但自己偏偏又为刘文公做事，专与老聃过不去的。当下心中矛盾，一大群人，唯有他偏偏在为老聃、莫煜厣的安危担心。

待到屠不恶脸色苍白冲过来，一群人的心顿时乱了。屠不恶江湖经验丰富，他带着一群黑衣人在竹林边戒备，就是为了防止老聃带着食铁兽逃跑，老聃和莫煜厣都可以跑，但食铁兽不能跑——虽然他们知道现在食铁兽没法跑，他们的目标，其实就是射杀青牛。这是一个没有多少风险的任务，而且老聃不杀人，所以他们几乎是有恃无恐。然而，一阵马蹄声成了他们的噩梦，屠不恶回头一看，第一反应就是扑倒在草丛中，然后拼命爬进竹林。好在骑马的人也有顾忌，怕林子里的埋伏，他们冲刺一番，又退回官道，屠不恶得以全身而退。

屠不恶还没说完，几个背上、腿上插着箭的人或瘸或扶都过来了。"其他的人呢？"商全问。

"都死了。"一个黑衣人哭丧着脸。

"来的人多，又太强，还是先退吧！"屠不恶眼巴巴地望着商全。

商全咬咬牙："也只有如此了，反正伏击的机会还多。先撤出去看。"

老聃和尹喜蹑行而出,未见人影,老聃敛息一听,有脚步声快速远去,待他翻过竹林中山脊,只见远远的一群背影,隐没在竹林间。

尹喜将外面马队只留了哨兵,又安排了人在竹林中四处戒备,其余人等先将出林的道路上大火扑灭。等到士兵砍开竹墙,进了竹围,都吓了一跳:地上竟懒洋洋卧了一只黑白相间的巨兽。老聃仍不解释,让莫煜厝套了牛车,等非三慢慢爬入车中,一行人出了竹林。尹喜见老聃面目从容,却也略显憔悴,莫煜厝有些委顿,只有青牛精神尚好,出了竹林,赖在草坡上不走,想是在林中困得久了,腹中饥饿,现在见了鲜嫩的青草,如何愿意松口。

尹喜见士兵强拉青牛,阻止道:"全神戒备,让他们稍作休息,再上路。"

老聃道:"还有事相烦,请尹大夫派人将林边死去的黑衣人埋了吧。如还有伤者,请尽量救治。另外,请你再派几个人到竹林里多挖些嫩竹笋。"

尹喜点点头,也不多问。士兵们听说要挖竹笋,都有些面面相觑:"敢情这位收藏室史天天和竹简打交道,爱屋及乌,吃的都是竹笋啊!"

兵士们都是农人出生,当下持了长枪短剑,进了竹林,一会儿工夫，就掘了一大堆竹笋，然后装上牛车，向西直奔函谷关。

一路上，骑马持枪的士兵拥着牛车缓缓西行，兴奋之情溢于言表，一对白鸽在众人头顶盘旋。老聃坐在牛车上，面容凝重。尹喜牵马走在旁边，见老聃脱困之后，并无喜色，奇道："先生既已脱困，又为何如此凝重？"

老聃道："我一贯反对战争，不想今日依然动了刀兵。虽然是在万不得已的情况才使用的，但仍然不合大道。你平常带兵，一定要平淡对待战斗的胜负，取胜了也不要觉得兴奋、了不起。如果觉得兴奋、了不起，就是喜欢杀人。喜欢杀人，就不可能得志于天下啊！"

尹喜点头道："先生教导得是！"

旁边军士听了，高声嚷道："老聃先生，我们不想得志于天下，我们也不喜欢杀人。我们听您的！"

老聃微微一笑。

第七章 入 关

午后不久,一行人越过门水(今弘农涧河),抵达函谷关门。函谷关横卧两山之间,长达三四里,蔚为壮观。背后山势险峻,北面隐隐约约传来黄河轰隆隆的流水声。老聃看着关门打开,悄悄对尹喜说:"牛车上所载为食铁兽,你待会记得叮嘱看见的兵士,切记不可外传,恐惹祸上身。"尹喜连连点头。

进了关城,尹喜带着老聃一行,至关城西北面一处僻静小院,四五间木壁茅屋,一应起居生活用品俱备。尹喜道:"先生,这是我平常清修之处,清净倒是清净,就是地方简陋。先生且先歇息,学生一会再来候教。"一面吩咐将先生的青牛带去和战马一同伺候,一面自去叮嘱士兵,切忌将今日之事外传,又吩咐加强对进出关口人群的盘查,夜间加强戒备。

尹喜带着兵士走后,老聃在院子里走了一圈。院子不大,十余米见方。北面靠山三间正房,却是一间书房、一间卧房、一间客房,西侧一间膳房,一间茅房。房间虽然简单,但干净整洁。东面和南面夯土为墙,墙高八尺有余。

老聃吩咐莫煜厝将院门关闭,这才拉开牛车围帐。非三微闭着眼,呼吸甚是匀称,老聃轻舒一口气。非三听到响动,睁开双眼,老聃道:"感觉如何?"

非三伸一个懒腰，站起身："还好，看来你的建议有效。伤人未必可以，但行动无碍。"当即摇摇摆摆下了牛车。

莫煜厝见非三出来，喜道："非三非三，看起来你精气神很足啊。"

进了客房，莫煜厝往床榻上一躺，长长地伸了个懒腰："哎呀，好舒服，今晚终于可以舒舒服服睡一觉了。"

老聃笑道："你哪晚上没有睡舒服？"

莫煜厝知道老聃笑他，辩解道："你虽然看见我睡着了，但是强敌环伺，总是提心吊胆。后来非三又中了毒，让人担心得不得了。哪晚不是实在困得不行，才勉强睡着的！"

老聃想到莫煜厝文质彬彬，看似手不能提，肩不能挑，然而一路跟着牛车，有时候还要推车，的确辛劳。而且遭遇埋伏，莫煜厝毫无抵抗能力，说得上比老聃更加担心。自己现在虽是与他玩笑，但他难免当真。因此正色道："我先前还劝你回家，担心你一路同行，反而是累赘，现在看来，要不是你一路帮忙推车，照顾青牛，我们哪里这么容易到此。"

莫煜厝喜道："先生终于发现我还是有用之人了！"

老聃笑道："有用之人未必好啊，越有用，做事越多。"

莫煜厝叹道："那看来还是做无用之人好。可是，做无用之人，总觉得窝囊，被人瞧不起。人生怎会如此纠结！"

这时候,外面院门被轻轻敲响,老聃估计是尹喜返回,于是将非三安顿在屋里,带了莫煜厝前去开门。

果然是尹喜回来,还带了两个人过来。年长者五十余岁,是个厨子,年轻的十七八岁,长得清秀伶俐,却是尹喜的书童徐甲。原来这关城南北长不足四里,东西深不足半里,关令府在城中心,距离此处不过一里有余。徐甲伶俐,专门安排来伺候老聃和莫煜厝。这厨子是来认个门路,每日准点来准备三餐。

老聃沉吟片刻,道:"那就费心了。"

那厨子先去厨房察看一番,然后领了徐甲出门备办菜蔬粮食一类。

三人进了书房,老聃这才将西行缘由、一路经过细细道来,尹喜听了舌拃不下。

老聃又道:"昨日非三中黑色曼陀罗毒性,我本已绝望。不想转机又现。商仝一行,必不肯罢休,西行之路,依然艰辛。我须得借你这里,让他恢复一段时间。此次西行,恐怕我将再不会重回中原,你我先前见面虽然不多,但是一向有志同道合之处。当今世道混乱,还须大道流行。我近几年有些体悟,想和你做些交流。"

尹喜叩谢道:"先生大恩,尹喜何以敢当!"

老聃道:"你天性质朴,颇有慧根,又执着坚韧,与道有缘。今日暂且不论这个,趁着非三修养,我先将所有体悟,慢慢梳理后再说。"

尹喜道:"先生慢慢将养,我平日里忙些关务,稍有闲暇,便来候教。先生住所四处我都安排有人在暗处,请先生放心。"

两人又闲谈一阵,待厨子备好饭菜,尹喜陪同老聃二人用膳毕,才带了厨子、书童自回关令府歇息。

葛丹随商仝一行伏在竹林深处,看着老聃被兵士簇拥着远去,心中松了一口气,心下暗暗奇怪:"我本为劫食铁兽而来,老聃与食铁兽离去,我该失望才是,为何反而松一口气呢?"这时,忽然想起一事,心下沉重,完全轻松不起来。

他想,巫沅说散神力的药物只对食铁兽有用,如果他说的是真的,那么,刘文公就是在骗他。他问话之时,所有人的注意力都在老聃和食铁兽身上,他随口一问,本来没有疑虑到刘文公身上,巫沅当时随口一答,毫无阻碍,看起来根本没有思考,如此看来,巫沅没有说假话。他也是听了巫沅的回答,才忽然想到刘文公的病。刘文公为何要骗他?他想不出来。他以为,刘文公要求他劫一只食铁兽,是不需要理由的,他从奴隶的儿子,成为一名自由人,他愿意为这自由付出牺牲。刘文公要骗他,只有两个理由:要么,不信任他;

要么，劫食铁兽有不可告人的目的，刘文公不愿意让他知道，而又必须用他。总之，刘文公就是要利用他感恩的心，把他套牢。

或者，刘文公一直就是在利用他，把他当成了一件武器？

是又怎样？他心里苦笑，如果不感恩，就只有把自由还给刘文公。

商全叫了他两声，他才回过神来。"你怎么了？一个人愣在那里，又像在哭，又像在笑。失利了重新再来，我们正在商量下一步怎么办，你来参考参考。"

走一步算一步吧。葛丹想，他走了过去。

"刚才带兵那人，是函谷关关令尹喜。这人极有主见，不好收买，老聃跟他去了，这事倒有些麻烦。我们这几个人，总不能笨到要去攻打函谷关。所以，我们分析了一下，老聃西去，终点肯定不是函谷关，可能会是西蜀食铁兽生活的地方。所以，他必然出函谷关，过桃林（今天的潼关），沿着渭河西去。所以，我们可以在桃林伏击他。食铁兽已伤，我们这次伏击的对象就是老聃，他实在要执迷不悟，也就不要怪我们狠心。只要老聃被除掉，食铁兽就是手到擒来。"

葛丹道："此计甚好，只是如何知道食铁兽一定受伤？要是药物无效，又怎么办？"

巫沅大怒："葛丹，你也太小瞧我的本领了！这样，你与我潜进函谷关，亲自去见一见受伤的食铁兽，你也就心服口服了！"

商仝道："巫沅先生请息怒，葛丹先生的疑虑也有道理。我看就按你的提议，由你和葛丹先生潜入函谷关，你二位本领高强，小小一个函谷关定然来去自如。我率领人从门水北去黄河，屠不恶先去黄河边准备一艘船，我们明日乘船先到桃林风陵渡附近的曼陀山庄，再派人到函谷关西边接应你们。"

葛丹摇摇头："商先生，你这计策虽好，但安排略有欠妥。"

商仝道："难道葛先生更有妙招？"

葛丹道："不是妙招。我这人简单，不喜欢和巫沅先生的'诡道'打交道，我和巫沅先生还是各走各吧！"

巫沅气极而笑，连说了三声好。站起身来，转身就走，顷刻间消失在竹林深处。

尹喜三人一走，莫煜厝关了院门，急急忙忙问老聃："先生，你真的要把你的本领传给尹喜？"

老聃道："什么本领？我说的是对道的体悟，是大道。"

莫煜厝追问道："那你这一身本领也是道的范畴？"

老聃道："道的皮毛而已。道是立命安身修家治国的精华，也是我们生活中时时能体悟到的经验。你日日与我一起，我们不是天天都在论道吗？"

莫煜厝哦了一声："我以为修道就是如何修炼成仙，能够飞来飞去、点石成金，想打谁就打谁。"

老聃哈哈大笑："恐怕这不是你一个人的观点哦，持这样的观点，就已经误入歧途，恐怕一辈子也修不成了。"

莫煜厝有些惶恐："按先生的意思，我这辈子是修炼不成了？"

老聃正色道："非也。修大道要有毅力、有悟性，有时也要讲究与道有缘。修大道不可带有贪欲，不可急功近利，需淡泊、坚忍、顺其自然，也许，有一天你自己都没觉得，就成功了。我年轻时候与你也差不多，一直有些急于求成，结果欲速则不达，反而没有进展。好在我天性本也淡然，后来非三来此，我倒是从他身上有了许多新的领悟。至于这与人打斗的功夫，不过是修大道而附带得到的保全之道。"

两人边说边进了房间，非三正躺在榻前啃食竹笋。老聃见非三吃掉两根，便不再吃，道："非三，进入函谷关后，竹林就日益多了，几日后我们出关西行，随时能得到嫩竹，你已无需节食，多吃一些，尽快早日恢复。"

非三缓缓摇头："先生，我按照你的嘱咐，一安静下来，就想一想秘境中那旋转的图像。今日颇有些奇怪，我仿佛能看见自己的曼荼变成了两条逐尾的黑白鱼，慢慢转起来，散附在皮毛之上的能量，慢慢在回到曼荼。先前被黑色曼陀罗封闭了的曼荼能量通往四肢的通道，也在慢慢打开。对食物的欲望，反而淡了。"

老聃道："如此说来，你母亲的曼荼指引你回到秘境，竟然是知道你将遭遇困厄，所以传你自救之法。"

非三道："或许是吧。看来我从小离开家族，独自生长，有很多来自家族的本领都不知晓。"

老聃道："安心将养几日，待你恢复之后，我们再上路。"

老聃将非三的状况与莫煜餍说了，莫煜餍十分高兴，当夜睡得分外香甜。老聃却不敢十分放松，依然似睡非睡。

待到临近黎明，屋顶上似乎有高来高去的声音，屋顶草厚，想来这夜行人也不十分避讳，在草面上踩出轻微的咯吱声。老聃知道是商仝的人在找寻他们的住处，也不点破。屋顶上的人想来只是察看一番，并未落到地面上来。

第二日尹喜带了厨子和书童，一早来到老聃住所。

老聃道："关令闲暇时候，可否帮我找几样物品？"

尹喜道："先生想要什么，开口就是。"

老聃道："两三根小指粗的竹管；一小把山羊毛，稍长一点，尽量整齐些；山上寻些松脂；还有皂荚，我看这山上有皂荚树，想来树上还挂有去年的皂荚。"

尹喜笑道："先生的要求十分简单，这皂荚、松脂也无需上山采摘，城中百姓每年都会采摘皂荚洗衣，随便要一点就是。至于松脂，关令府每年也要采摘制作火把，以备夜间出巡，都是现成的东西，我让人送来就是。只是这几样东西，先生要来有何用？"

书童徐甲插言道："老聃先生，难道你还要自己洗衣服？换下来的脏衣服，我送到关令府让人洗了就是。"

老聃见这孩子机灵热情，当下摸摸他的脑袋，笑道："我却不是洗衣服。我听非三说过，在虎牙居住的土民，他们在深山密林中有时候为了防止迷路，会将松枝烧成灰，和上水，以酢浆草作笔，在竹、树枝干和岩石上做上特定的符号，如无雨水冲泡，符号可以经久不消。我昨夜一直在想，自己年事已高，如果要将感悟一刀一刀在竹简上记载下来，恐怕是心有余而力不足。何不仿照土民之法，以羊毛来作一支笔，在竹简上书写，这样岂不省时很多？"

尹喜赞道："先生真是大智慧！我一会就安排人去准备好给你送来。"

徐甲鼓着掌，两眼却滴溜溜乱转，一会对着老聃，欲言又止。

老聃微微笑道:"徐甲,你有话就说啊。"

徐甲道:"先生既然这样说,我就不客气了哦。我家主人说,你带有一只食铁神兽,为何昨日未见?是不是他会隐身?既是神兽,普通人又如何能近身呢?"话一问完,忽然想起什么,扭头对尹喜说:"主人,你告诫我不要在外人面前提起非三,老聃先生不是外人吧?"

尹喜拍他一掌:"你这个小鬼头。"

老聃笑道:"非三的确是食铁神兽,却也不会隐身。只是事关机密,万万不可和外人谈起。他虽是神兽,却并不是我们想象中高高在上或者凛然不可冒犯的样子。他与人相处是十分温和可爱的,只有伤害他的时候,才会激怒他。这几日他身体有恙,不喜欢有人打扰,你可以远看。待他身体恢复,你还可以和他握手呢!"

徐甲大喜,马上就去客房偷窥。

当日下午,徐甲就将老聃要的竹管、羊毛、松脂、皂荚送了过来,欢天喜地地按老聃吩咐,将皂荚在水里泡过、砸烂,再泡进水里,又将羊毛泡进皂荚水里。

"然后呢?"徐甲问。

"等等,"老聃说,"要用皂荚水将羊毛上的油脂泡去,才沾得上墨。至少要泡一天吧。"

"我还以为今天就可以看到你把笔做出来,可以一饱眼福呢。"徐甲道。

"年轻人,莫心急。"老聃笑道。

到了晚上、第二天早上,尹喜都没有过来,老聃问徐甲,只说是从西面出关去了。老聃也不多问。徐甲也不多言,他的心思都在非三身上,一面帮着莫煜厝清理食物残渣、粪便,一面叽叽喳喳问个不停。老聃自去房间静思。

到了傍晚,门外马蹄声、车轱辘声来得急促,老聃出门察看,徐甲已开了院门,两辆马车驶进小院,院子里一下显得拥挤。

尹喜跳下前面一辆,拉开车围,车里塞得满满的,全是箭竹的嫩枝、竹笋。

老聃微微一笑:这尹喜真是个有心人。天气凉爽,箭竹保鲜四五天应无问题,看来又可几日无忧。

原来,尹喜听老聃讲述,知道非三主要以箭竹为食,作为上邽人,箭竹他并不陌生,听当地的兵士说,出西面关门,行30里,向南折进秦岭,不到百里,有箭竹岭,遍生箭竹。早上辞别老聃后,便亲自带了人,前往箭竹岭。山路陡峭,马车南行不久,就没有大路。好在兵士都有骑马的本领,一路骑马步行,终于从山中采得箭竹,顺利返回。

当下卸了箭竹,老聃笑笑,也不多谢,尹喜面色平静,既无得意之色,也无邀功之意。

这晚半夜,老聃忽然听到门外一响,似乎从墙头落下重物,当即起身,在门后静静倾听,再无声音,这才拉开门。这天却是十九,月亮半夜出来,清泠泠的甚是明亮,照在院坝里漫漫如水。院墙边仰躺着一个人,胸口插着明晃晃一把短剑。老聃吃了一惊,四处一扫,再无人影,当即也不迟疑,走到那人身边,定睛一看,竟然是徐甲,双目圆睁,已无呼吸。老聃大恸,心想如此单纯一个孩子,每天高高兴兴地跑来跑去,还说要帮他制笔,要和非三握手,才相处两天,竟遭人毒手!当即蹲下身子,将他头搁到手腕,要将他先抱入房间。

老聃正要发力,徐甲忽然伸右手拔出胸口短剑,一剑刺向老聃胸口。老聃胸口内陷,双手外展,已将徐甲抛了出去。饶是他反应快捷,胸口衣服已被刺破,心中大吃一惊。那徐甲借着一抛,已在地面站稳,持了短剑,双脚跳起,又向老聃刺来。老聃身形后飘,那徐甲一剑刺空,落在地上,双脚又是一顿,再向老聃刺来。

老聃只以为这孩子隐藏了武功,又装死骗他,要将他置于死地。但那徐甲连续两跳,动作十分僵硬,根本不像一个正常人,心中一凛,忽然明白,等徐甲刺到面前,劈手夺了他短剑,飞身越过围墙,果然见院子西侧一处民房顶上,正立着一个黑袍人,黑巾蒙面,朝着他们,手中比比划划。老聃大怒,翻转剑柄,将手中短剑朝黑衣人掷去。只见白光一闪,剑柄正撞上黑衣人胸口,随即倒退几步,哇地吐出一口鲜血。老聃越过门前空地,飞身上了对面屋顶,那黑衣人已跳下屋顶,眨眼消失在民房之间。

老聃不敢追击,回到院中,徐甲已倒在地上,双目圆睁,胸口一片血污。

原来巫沅当日负气而去,却并未走远。他本不是容易冲动之人,生气不过是装装样子,如果显得太深沉,连生气都不会,其他人是不喜欢和他打交道的。利益比生气更重要,他一直懂得这一点。他假装生气离开,只不过是为了把自己置于暗处。

天黑之后,他悄悄翻进函谷关关城,关城宽而不深,一条S形的大道连接了东西关门,南北两条长街,密密麻麻排满了民房。除了巡逻的兵士和更夫,家家几乎都关门闭户,早早歇息了。

关令府就在关城正中,门上一块大匾十分醒目。巫沅先熟悉了一下全城地形,等到半夜,才潜入关令府。他的思路很清晰:找到了牛车就找得到老聃,找到了老聃就能找到食铁兽。他在关令府没有看到牛车，估计尹喜将老聃藏在了某个僻静的地方。果然，后半夜，他在关城西北角的一个院落里发现了老聃的牛车。竹林一战，相当于他和仲智联手偷袭老聃，竟毫无效果，仲智虽然武功比他低，但被老聃一招就踢了回去，老聃的功力，真是深不可测。葛丹同样失手，他一思量，也就心生忌惮，不敢贸然下去探听虚实。

他窥探了两日，发现每天都有两个人固定在关令府和老聃住所往来。老的是个厨子，应该不知道什么。所以，他选择了从徐甲身上下手。这一夜，他趁着月亮将出未出之时，潜入关令府，将徐甲打昏，扛了出来，找了个僻静处，要问些消息。哪知道徐甲嘴硬，只说从没见过什么食铁兽。巫沅一生气，干脆就将徐甲杀死。后来一不做二不休，以湘西巫术，指挥徐甲的尸体偷袭老聃。以他的想法，要想得到食铁兽，不除去老聃是不可能了，所以，如果偷袭成功，那就是奇功一件，不担心刘文公、商仝不忙着送银子上门。

眼看偷袭得手，不想被老聃最终识破，老聃也是无杀人之心，倒转了剑柄。即使如此，他胸口也如中巨锤，吐血之后，赶紧趁着还有力气，出了西面关门，遁入山林。藏到天黑，才偷偷沿着函谷关道，往桃林（潼关）方向去了。

老聃手中执着短剑，先去非三房中察看，莫煜厝已醒，正在门边窥视。非三卧着榻侧，呼吸均匀，似乎正在似睡非睡之间。

老聃放心退出，又越上院墙，绕着院子四周巡查一番，只见东面街角躺着两个便装的兵士，老聃知道是尹喜安排保护的暗哨，飞身过去，好在两人只是被人打昏。老聃将两人弄醒，让他们去关令府报信。四周寂静，远处隐隐传来更声。

葬了徐甲，尹喜心里也不好受，但他并不动声色，重新调派人手，加强了对老聃住所的暗中保护。他本来还要再派一个人来打打杂，老聃坚决拒绝了："这些人太狠毒，不能再让无辜的人因我而死。"老聃召回两只血鸽，一只带在自己身边，一只放在关令府，以便紧急时及时传递信息。

这一切都被葛丹看在眼里。

葛丹并没有潜入关城。送商全沿着门水北上黄河，葛丹就从邻近黄河一侧的山崖翻上山顶。一路树木茂密、杂草丛生、荆棘密布，葛丹隐居桐柏山启母岭下，常常在山中采收野葛，对杂草、荆棘都习以为常。他用短剑砍开一条小路，有时候实在麻烦，就从一棵树跃到另一棵树上。黄昏时候，他已翻到山的南侧，这里刚好有一个平台，杂草茂密，平台边缘便是一个高约七八十米的陡崖，崖下正是关城。他将平台上的杂草割出一片，又砍了些树枝，简单搭了一个窝棚。在这里，他可以清楚地看到所有人的进出。

第一天半夜的时候，月亮升上来，他看到一个漂浮的黑影在关城里四处飘荡，他知道，那是巫沅在寻找老聃。第二天早上，他看到尹喜带着两个人来到关城西北角，就在他的脚下。他知道了老聃的藏身之处，如果愿意，他从山林里砍下一段木头，可以径直投到老聃的屋顶上，但他要从这里跳下去，也必定摔死。后来，他看到尹喜带着人离开关城、回到关城。

他一直没有看见非三出过门，看来巫沅并没有说大话，非三的情况不妙。既然刘文公没有中毒，那他要捕捉非三却是何原因？是他想要一张有神力的食铁兽皮，还是他想给周王勾换一张有神力的食铁兽皮？不过既然刘文公并没有中毒，那么，为刘文公劫获食铁兽的理由就不成立了。但是，又怎样去回复刘文公？下一步怎么办？他脑子里有些乱。

后来，他看到巫沅跟在徐甲身后，徐甲竟然毫无反应，这也正常，尹喜大人的地盘，他没有戒备之心是正常的——当然也是致命的。后来，他看见巫沅扛着一个人，打翻了两名兵士，又将扛着的人丢进老聃的院子里，自己却悄悄躲在远处的屋顶上。他知道，巫沅又会用对付自己的那一招。他能猜到，被丢的人一定是徐甲，他和老聃熟悉，只有利用熟人,才容易偷袭,葛丹有点替老聃担心——为什么要替他担心呢?!但他说服不了自己不担心——或者说,他讨厌巫沅,不仅仅是因为巫沅差点杀死他,更重要的是巫沅做事的方式太阴险毒辣。后来,他见到了那惊鸿般的一剑,换了自己,估计也躲不开。这样的手段都不能偷袭成功,他不知道商全和巫沅还有什么手段可以打败老聃,劫夺到食铁兽。

巫沅受伤西去,他是不是也该一起走了?食铁兽是否丧失神力,已经不重要了,因为他们首先就过不了老聃这一关。

但他不想走,他对老聃和他的食铁兽产生了些兴趣。

老聃把自己关在屋里没出来。院子里只有莫煜厣在走动,接送老厨子、接送尹喜大人,有时候他还跑街上去溜达一圈,他毕竟年轻些,喜欢热闹。函谷关为连接东西的要塞,每日过关人数不少,不少老百姓因此将自家多余的房间拿出来作了客房,既可留宿过往客商,也可趁机交换些必需的货物或是卖些食物换得银钱。每天人来人往,关城虽小,白天却也热闹。

老聃将羊毛整整泡了两天,然后搓洗干净,晾干,然后坐在窗下,将软硬合适的羊毛一根一根拈出来,他做得很慢,很用心,就像一边做一边在和徐甲聊天,述说每一根羊毛的独特性——它们都是自然的造化,是人的五根手指,是母亲的儿子,是道生出的一二三。他把每一根羊毛举在窗前的阳光里,看他们反射出柔软的亮光。

后来,他将选好的羊毛叠得整整齐齐,给每一根羊毛的尾端抹上松脂制成的胶,再用细麻线扎紧,晾干,再抹胶,然后紧紧套在一根小指头粗的竹管里,再晾干。莫煜厝过来看了,很好奇,伸手拿起,说:"先生,这个东西用来扫磨盘真好,比笤帚精细多了。"

老聃闻言,大笑道:"莫煜厝,你是外表谨慎内心粗犷啊!"当即吩咐莫煜厝找来小刀,将羊毛一端修成奶浆草模样,再将毛沾了水,羊毛柔顺地贴着一起,老聃举在眼前,细细端详一阵,喜道:"莫煜厝,这个可以叫毛笔吧。"就着水,在手掌上写了一个大大的"道"字。

第二日,老聃对尹喜说:"这些时日,有劳你细心入微,非三康复很快。我已将笔制成,你让人准备些白简、石墨,明日起,我将闭门修书了。"

第八章　留　书

　　见到食铁兽的那一瞬间，尹喜整个人都是懵的，就像那些兵士们后来听说那只黑白兽就是食铁兽，马上有人就在地上磕头一样，尹喜也有这种冲动。但是，这种震撼只是因为传说形成的惯性崇拜，在竹林中初见的食铁兽憨厚朴实，甚至有点可怜兮兮的味道，他内心被唤醒起的不是跪拜，而是想要保护的冲动。这真是令人发懵的纠结。

　　一直到进了关，尹喜都有一种如在梦中的感觉。但他眼前的食铁兽如此真实，也让他渐渐清醒，一个越来越深刻而清晰的念头产生了：从此，他的生活将成为另外一种样子。

　　尹喜是一个对大道有体悟的人，但是，从前，对他来说，神和人是住在世界的两极，如何穿越到神的世界，只是一种臆想。现在，老聃带着非三，让他看到了行走在人和神之间的可能。食铁兽连接着另一个世界，而老聃正走在通往另一个世界的路上。

　　朝中和民间，有很多人都像尹喜一样，希望通过对道的领悟窥视天机，勘破生死，也有些人更想通过捷径，比如西去昆仑或者东去瀛洲，寻找神仙的影子，从而脱却肉胎凡骨，从此长生不老。而生活在权力斗争中的权贵，则寻找另一种捷径，他们希望通过神的力量，直接登上权力的巅峰，而且长生不老。

朝中一直都有流言，刘文公一直在秘密寻找神仙，他花了很多钱，终于得到了西昆仑的食铁神兽。

尹喜一直想尊敬刘文公，但总是做不到。刘文公看上去稳重、正直，知人善任，待人彬彬有礼。但尹喜每一次见到他的笑容，都觉得在看一张面具。这种感觉挥之不去。

传言就像毒舌，总是会有分岔。有人说，刘文公忠心耿耿，一心扶持姬匄，不惜通过巫师做法，把食铁兽的神力转移到姬匄身上，让他顺利当上了周王。但也有人说，刘文公自己得了食铁兽的神力，然后扶持弱小的姬匄，只等胜了姬朝，他就可以幕后操纵姬匄。

尹喜对这些不感兴趣，这些事情是真是假，都不合大道，要得窥大道，是需要苦修的，他坚持这一点。

但是，看到非三，他知道，食铁神兽是真的存在，而老聃，是唯一知道食铁兽秘密的人。他敬重老聃，现在，他更相信，老聃就是能引领他得窥大道的那个人。

老聃愿意把自己的体悟整理出来，传给他，他充满了期待，也感到压力重重。如何保护好老聃，是一重压力；如何不辜负老聃的传承，是更大的压力。

是什么人敢光天化日之下攻击老聃？老聃说，是刘文公的人。他当时吓了一跳，要知道刘文公权倾朝野，力量太大。老聃淡淡笑道："你是知其一不知其二其三。朝中争夺刚刚结束，刘文公主持王城搬迁，如何可以全力来追击食铁兽？此其一。其二，劫夺神兽，是违背大道的事，我进了函谷关，刘文公怎敢大张旗鼓地行动，顶多偷偷摸摸而已。其三，当今天下，诸侯各怀异心，天下形势错综复杂，周王势力日渐衰微，刘文公即使权倾朝野，他的力量要遍及天下，那也不够。如今过了函谷关，进入秦地，他也顶多就是触角所及而已。但是小心自然是好事。"

老聃如此分析，他深为折服。等到徐甲遇刺，一颗心自然变得紧张起来，后来，巫沅受伤而去，再无人来扰，心中才渐渐放下心来。

这一日，老聃正在闭门修书，尹喜察看了暗哨，一切平安，这才回到关令府。进了大门，却见关丞吕三思面色凝重，候在堂前。

两人进屋坐下，吕三思从衣服里取出一根封印好的竹筒，递给尹喜。尹喜道："有紧急公文？"

吕三思点点头，又摇摇头。吕三思是尹喜副手，在关中资历更胜过尹喜，但尹喜毕竟是从朝中辞去大夫，在此低就关令职位的，况且尹喜学识、为人都深受人敬重，因而吕三思兢兢业业协助尹喜。尹喜对他也极为信任，关中大小事务，均有他参与，尹喜喜欢清静，一般的公文往来，都由他全权办理。老聃入关一事，也未曾对他避讳。

尹喜看三思神态，心中已猜到几分，当即拆开封印，抽出帛书，白绢上用红漆书写，看似鲜艳，却也暗藏隐隐威胁。

吕三思道："送信的人打扮成客商模样，看起来经常在外面走动，也不知是官方身份还是真客商。"

尹喜将帛书递给吕三思："果然是为食铁兽而来。"吕三思一看，竟然是刘文公的书信，大意是食铁神兽事关社稷，要尹喜协助商仝等人，积极拦截。不管是周朝还是个人，都将深表感谢。

吕三思当即有些怀疑："既然事关社稷，为何是刘文公私信？况且这私信就真的是刘文公的吗？"

尹喜点点头："从帛书材质、书信体例、字体，都可以看出，是周朝中出来的。刘文公的手迹，先前在朝中的时候也曾见过。书信不假。至于为何不用公文，恐怕这事虽然打了朝廷的旗号，却只有刘文公知晓，内中隐秘，未必敢示人。"心中暗思：老聃果然极有远见，伏击失利之事，肯定已传回洛邑，刘文公忙于王城搬迁，无暇远顾，这才装着不知我救人之事，还示好于我，要我协助。

正沉吟间，吕三思道："送信二人现在关城驿馆之中，说是要等关令回信，关令示下，如何处置？"

尹喜叹口气："此事果真麻烦，刘文公既然出面，我们也当协助。但早在朝中，我即视老聃为师，今日老师避难到此，如若出卖老师，我还有何脸面活在这个世上！"

吕三思沉吟道："关令此言是至理。刘文公既然来信，我们不协助，将来要是再知道关令还曾救过老聃，与他们的人公然作对，如何容得下你？要不我们干脆找人夜里废了二人，悄悄埋了，将来就说不曾收到过什么书信，来个死无对证。"

尹喜摇摇头："此计虽然看似有用，但伏击老聃之人，颇有高手，那晚徐甲被杀，就可知道，他们定有高手伏在暗处。暗杀即使得手，消息也必走漏。"

吕三思道："如此一来，我们岂不是进退无路？"

尹喜缓缓道："也并非无路。但需你配合。"

吕三思稽首道："关令待我如长兄，如有差遣，在所不辞！"

尹喜道："这些年来，你我情同手足。你知我有志于清修，虽担关令之名，但关中事务，大多是你在打理。今日老聃先生来此，不久西行，对我而言，正是天赐良机。我有志追随于他，与他西行静修。因此，我佯装答应协助刘文公，拖得一些时日,待食铁神兽健康恢复,我就陪他们一同出关西行。到时候,你将一应责任,都推到我头上,这样都能保全,也遂了我的志向。"

吕三思细细思量,更无良策,当即点头道:"也只有这样了。我这就去唤两人过来,关令将书信回复与他。"

不一会,吕三思带着两人进来。两人身材高壮,神情精悍,虽走在吕三思背后,却比吕三思高出半个头。到了面前,两人将手里抬着的一个木箱打开,里面沉甸甸全是空首布、刀币。

两人见礼毕,也不客气,只说按文公交代,要把信件和这箱东西交与关令。

尹喜道:"感谢文公信任,文公交代之事,尹喜当尽力而为,请文公放心。"

当下请两人入座,自回了帛书,大意是老聃确实已入函谷关。但老聃身为守藏室史,乃国之重器,不可用强。尹喜当晓之以理,力劝老聃先生以朝廷为重,舍弃个人喜好,主动送出食铁神兽。如老聃一再拒绝,当再谋良策,定不让文公失望。

写好之后,依旧用竹筒封了,交与两人。两人大喜,辞谢而去。

目送两人出关东去,尹喜与吕三思对视一眼,都吁了一口气。尹喜道:"这事切忌外传,不可说我俩曾经商量过。我走之后,如果情形于你不利,你带上今日收受的铜币,找个僻静地方,自去过平民生活。"

下了关楼,尹喜心中挂牵,依然去老聃住所。

刚到院门口,见院门虚掩,听得院子里嬉笑连连,心中略感诧异:莫煜厝怎能如此张扬,扰了先生的清静?推门进去,却见莫煜厝站院子正中,手里抱着一堆东西,老聃微笑着站在莫煜厝面前,厨子站在他们侧面,正裂开嘴大笑。非三安安静静趴在房间门口,八字形的黑眼圈里满是空灵与温和。

莫煜厝脸已经涨红,手上紧紧攥着两根竹简,手臂上又抱着一小捆竹简,竹简上叠着几根劈柴、一颗大白菜,厨子站在旁边,一只手上还拿着一颗大白菜。老聃笑道:"莫煜厝,还加不加?"

厨子将手里的大白菜举起来,作势要往莫煜厝手臂上放,一边笑:"加。"莫煜厝咬着牙不说话。

老聃偏着头,一直盯着莫煜厝双手。莫煜厝双手渐渐开始颤抖,手指慢慢松开。老聃伸出手,轻轻从他手掌中抽出两根竹简,莫煜厝双臂一垂,臂弯上的竹简、劈柴、大白菜呼啦一下,全掉在了地上。他长吁一口气:"妈呀,累死了!"

老聃举起两根竹简,在莫煜厝面前摇摇:"将欲夺之,必固与之。你明白了吗？"

莫煜厝摇摇头："这个不算，这是东西多了，我累了，拿不住了。"

老聃道："我给你这么多东西，就是要让你累，然后可以轻松夺取我想要的。"

莫煜厝道："那我不要那么多呢？"

老聃道："人的贪心是无穷无尽的。往往是想要得更多，要得越多，当然就越累，不管是心，还是身体。所以，你反而守不住你本来的东西。"

莫煜厝固执道："我要，但是适可而止，总可以嘛。"

老聃道："适可而止，这话说来容易，但有多少人明白'度'到底在哪里呢，怎知如何才算适可而止呢。"

莫煜厝道："比如以我之力，攥住这两根竹简，再得两根，这样的分量，我还是能够不被轻易夺去的。"

老聃道："未必。"扭头对尹喜说，"把你腰上玉佩解下来一用。"

尹喜正在深思老聃与莫煜厝的对话，闻言一惊，赶紧解下腰间玉佩，递给老聃。老聃接在手中，举起来对着天空一照："色若羊脂，温柔剔透，真是好玉。"然后依然递了竹简给莫煜厝，让他一手攥一支，然后将玉佩在莫煜厝眼前晃了晃，一松手，玉佩就向莫煜厝怀里飞去。莫煜厝与老聃隔着三四步远，玉佩虽然飞得不快，但距离太近，眨眼即到，莫煜厝不及反应，本能地一伸手，丢了手中竹简，双手合掌，捧住了玉佩。

尹喜和老聃都笑起来。莫煜厝涨红了脸："我是看关令的玉佩价值不菲，怕掉地上摔了。"

老聃笑道："你也知这是关令的玉佩，并非你的东西，但到了你面前，伸手抓住只是本能。只有那些人们认为笨拙而不懂得玉佩价值的人，才不会伸手。这世上那么多财富名利，到你怀里，不伸手去抓的人有几个呢？将欲夺之，必固与之，不过是利用了人的贪念而已。"

老聃手一抖，玉佩从莫煜厝手中直飞出去，又到了他自己手中，尹喜看空中白光一闪，一根细丝紧缀其后。原来，老聃在一照一晃之间，竟然给玉佩拴了一根麻丝，莫煜厝即使不伸手，玉佩也不会掉地上。老聃托起手中玉佩，继续笑道："到最终，丢了自己的，也得不到别人的。"

莫煜厝垂首道："我明白了。"

老聃伸手将玉佩递给尹喜，回头正色道："你明白就好。心中无贪念，空明，正所谓致虚极，守静笃，才能修成大道。你把地上的东西收拾了吧。"

老聃回身冲尹喜招招手,二人进到书房,木几上摊开一排竹简,刚刚书毕的墨迹还未干透。尹喜看竹简上用大篆写道:"将欲歙之,必固张之;将欲弱之,必固强之;将欲废之,必固兴之;将欲夺之,必固与之。是谓微明。柔弱胜刚强。鱼不可脱于渊,国之利器不可以示人。"字迹简拙内敛,柔中蓄势。

老聃待他看完,指着墙角一堆竹简道:"这些都是已经写好的,我编了顺序。你可以先行搬去,按顺序串成册,便于阅读。如要便于保存阅读,你可自去用帛书誊写。"

说着,从竹简中抽出一块,上面写道:"道可道,非常道,名可名,非常名","这是第一块。"老聃道,一边伸手递给他,一边继续说道:"你可能心中疑惑,我为何要将这关于大道的体悟传于你。现在我已经写了将近一半,不几日恐能完成,今日稍有闲暇,可以释去你心中疑惑。我与莫煜厝交流过多次,要得大道,需有悟性、有毅力,还要有缘分。无奈,莫煜厝虽跟随我多年,但性格憨直,悟性实在不高,我此番西行,见你悟性、毅力高于常人,又得你救助,算是续了缘分,当是得大道的最佳人选。我此次西去,所去之地,非常人所能至,也绝不会再回中原。我传你大道,包藏两点私心。其一,当今世道,圣人缺失,战乱四起,百姓艰辛,如能将大道普传天下,为天下之福。此事任重道远,不是一般人所能承担。

其二，莫煜厝跟随我多年，但却不适合与我隐居西蜀。我有心托付于你，如能与你同修大道，固然是好事，如无此缘分，能保他平安、平淡一生，也是一件好事。"

尹喜叩首道："先生重托，弟子将尽全力而为。"当即在院门外叫来一个值守的兵士，将写好的竹简打捆，送去关令府。

老聃将莫煜厝托付给尹喜，也了却心中一件大事，只等择日上路，再将此事告知莫煜厝。心中无事，格外空明，平日积累的那些体悟，一时纷至沓来，当即端坐书房，挥笔而书，不知不觉，已至掌灯时分。忽听院门外恍若落叶飘进，知非寻常人来，当即搁了笔，推开房门，只见外面夜色初上，远处山间正有些模糊，西边日落之处，尚还微有余晖。院子里，立着一个挺拔的身影，粗衣葛袍。老聃笑道："葛壮士来访，何不屋里坐坐？"

葛丹一揖："老聃先生气量宏阔，当世少见。如不嫌叨扰，愿向先生请教。"

此时，厨子已去，老聃照例不用晚餐，莫煜厝几次来看，老聃都沉浸于书写，也未打扰，自与非三食罢，都歇在屋里。老聃与葛丹说话，莫煜厝自然听见了，这时候赶紧出门，见先生邀请葛丹进屋，心知葛丹身份，却不好阻拦。先去招了血鸽回屋，报信给尹喜，然后进了书房，听候老聃差遣。

葛丹与老聃进了书房,刚刚说了几句套话,外面有人敲门,老聃听到是尹喜声音,望了莫煜厝一眼,心下明白,当即吩咐道:"你去告诉关令,就说我来了位老友,让他不必担心,回去休息。"

莫煜厝出门,见尹喜带了十几名精干的兵士,大都是当日竹林救援之人。当下把老聃的意思告诉他,尹喜仍不放心,又带着兵士四处巡查,确定来客只是葛丹一人,这才散了跟随的士兵,自己却在院外警戒。

"今日来访,实在有些唐突。实不相瞒,自先生入住此院,我就住在后面半山之上。关城中人来人往,无不尽收眼底。山中寂寥,又少有食物,因此,隔两三天,我会下山一趟,或换或买,准备些食物。今日下山,本是准备些食物就回,路遇关令前往你处,心中好奇,也就跟随而至,见先生演道,当真受益匪浅。本已自回山中,但总觉心中阻挠,不吐不快,因此辗转徘徊,终是不揣冒昧,前来请教先生。"葛丹言辞诚恳,语气中包含着歉意。

莫煜厝在旁边听到葛丹一直就住在后面山上监视他们,心中吓了一跳,再听后面说的,总觉得是假话,当即不等老聃答应,抢先应道:"你既然为刘文公做事,意图劫夺非三,又在后山监视我们,先生怎会相信你此来仅仅是想请教?"

老聃也不阻止，任由莫煜厝质问。

"我乃老聃先生手下败将，此乃莫先生亲眼所见。而且，如果不是老聃先生手下留情，要取我性命，那是易如反掌。葛丹虽然愚钝，这点尚且自知。安敢不知好歹，再生非分之念。我居高监视，只因刘文公于我有恩，他既然以事相托，我虽然没有能力完成，却也要略尽微薄之力。但阴谋暗算手段，葛某却是不屑使用。"

老聃听到此处，插言道："我以前听说刘文公搜集天下异能之士，为己所用。看来，你也是因此被他网罗？"

葛丹道："此事也有。我进入刘府却并非如此。我父亲本是郑（国）一名匠人，擅长木工，但生性好赌，后来被人设局，欠下巨额赌债，因此将我母亲、姐姐与我一起卖身为奴，供他偿还赌债。恰逢刘文公偶然经过，一时询问，呵斥我父亲一番，替他付了赌债，将我们买入府中。又将我父亲一并招入，要他戒了赌瘾。入府之后，我父亲木工技艺出众，深得文公喜爱，爱屋及乌，我姐长大之后，还了她平民身份，得以嫁入普通人家。他见我伶俐，对武学甚有领悟之力，又给我找了老师。后来，父亲病逝，他不仅出资安葬父亲，又恢复了我和母亲的平民身份，并允许我陪母亲回乡养老。我一生所学，却是拜他所赐。"

莫煜厝听得有些凄恻，叹道："葛壮士身世，报答刘文公也在情理之中。"

葛丹冲莫煜厝一揖："感谢莫先生理解。"

"不过，"他接着说道，"30岁以前，我一直在他府中，为他出生入死。携带母亲归乡之后，他有棘手大事，也传信于我，为他暗中解决。只是最近四五年来，我立志归隐，决心做一名农夫，才少有往来。这次事完之后，我已下定决心，陪妻儿老小平平淡淡过完余生。"

莫煜厝摇摇头："理解归理解，但有一点我却不认同。葛壮士正直之士，窃夺非三却是违背天道之事。怎可因报恩而做？"

葛丹点点头："这正是我内心堵塞之处。以前年轻之时，为文公干事从来不考虑是非对错，只要文公安排之事，总是对的。后来独立行走天下，内心渐渐不安，方知做人必有原则，必讲对错，心中才安。窃夺非三，初闻原因，并不觉得违背天道。文公告知于我，他中巫沅毒药，需非三才能解毒。后来从巫沅口中得知，文公并未中毒，他既然欺骗我，窃夺非三的目的就不是救人，而是另有企图。如若再为他窃夺非三，实是不义。忠义难以两全，因而我心中纠结。今日远观先生论道，谈及'将欲夺之，必固与之'，心中似乎见到一点光亮，却始终不能豁然，因此纠结再三，才冒昧拜访。"

老聃道:"莫煜厝掌灯,我们去看看非三。"

莫煜厝执了油灯,引两人到了隔壁客房。非三正卧在地上嚼食竹笋,两只眼睛迎着进门的众人,又亮又清。

老聃拍拍非三,非三耸耸肩膀,站起来,原地转了一个圈,一屁股又坐在地上。

老聃缓缓道:"我看着非三长大,如果不是被迫保护自己,他从来没有使用神力伤害过任何人,作为食铁兽,他们一直都是这样的习惯。憨直、退忍,他们一直都这样生活,可是非三为什么还是会成为窃夺的对象,他的母亲会死于人类之手?只是因为他们身上有人类渴求的神力,他们正应了那句谚语'匹夫无罪,怀璧其罪'。就因为这个璧,我们给动物一个饵,然后夺取它的自由和生命;我们给自己的同类物质、金钱、荣誉、利益、恩情、仇恨、责任,然后夺取他们的能力、自由、生命。别人给你的东西越多,你就越容易被它们压垮。'将欲夺之,必固与之',有些人天生是投机分子,他给予你的一切,不管是物质还是地位,不管是感激还是仇恨,都是为了夺取。真正的道,是无为而治。"

葛丹涩然道:"我明白先生的意思,不管刘文公当初是因何动机,但他有恩于我,却是无法改变的事实。"

莫煜厝道:"你既然现在知道刘文公未中毒,他就不需要非三解毒,任务也就自然失效,你何必再纠结呢?"

葛丹苦笑道:"刘文公并未亲自承认未中毒,我若以此认为任务失效,等于事先定义刘文公并非信人。这样却也不妥。"

老聃道:"无须着急,后面的路还长。天道没有偏爱,永远帮助那些正直有德的良善之人。到了你必须做选择的时候,你就会有答案。"

葛丹心中莫名有些酸涩,他谢过老聃,依然越墙而出。尹喜听院里送客之声,看黑影翻墙越壁,迅捷远去,这才放下心来,悄悄回了关令府。

自此以后,莫煜厣知道葛丹就住在屋后山崖上,有事没事,总要抬头仰望,山上草木茂盛,一片苍茫,别说人,连只猴子的影子也不曾见到。偶尔林间鸟鸣,忽然惊起,莫煜厣就想当然地认为葛丹就在那里。

但葛丹再未现身,老聃清清静静又写了几日,眼看着心中体悟也写得差不多了。心中稍有堵塞困惑,就过到客房,与非三待一阵,聊一聊,困惑自然解开。

这天午后,阳光回暖,老聃穿着袍子,写得微微发热,脑子里不甚空灵,当即搁了笔,自去客房。刚出屋门,却见非三躺在客房门口,呼呼大睡,面前一个大木盆空空荡荡。老聃甚觉奇怪,非三日常虽显慵懒,但大白天这样呼呼大睡的时候，却几乎没有，当即过去，拍他几下，非三全身瘫软，更无反应。老聃心下暗暗吃惊：莫不是黑色曼陀罗药效反弹？正惊疑不定，莫煜厝从膳房出来，惊叫道："咦，非三咋了？我的水呢？"

老聃道："什么水？"

莫煜厝道："今日天气暖和，我想非三多日不曾洗澡，故备了一大木盆水，想让他洗一洗。刚我去找皂荚，也就耽搁了一会工夫，结果水没有了，非三也睡在门口了。"他一边说，一边举起手中的皂荚。老聃闻听此言，赶紧摸摸非三腹部，胀鼓鼓的，又摸摸非三嘴角，湿漉漉的。水难道全被他喝了？

莫煜厝手足无措：非三怎么了？怎么办？

老聃仰头望天，过了一会，道："且不要急。非三呼吸正常，脉搏也正常，应该无大碍，你且守在旁边，不要动他。"他心中也是忐忑，为啥会喝这么多水？如此酣眠，是不是曼陀罗的麻痹作用？老聃枉自博学，竟也束手无策。他坐在书房里，面对空白竹简，脑子里也如竹简一样空白。

太阳西沉，非三慢慢睁开眼睛，伸了个懒腰，从地上爬起来，摇摇脖颈，摆摆腰身，就进了屋。莫煜厝看非三舒展完，这才长吁一口气，叫道："先生，非三醒了。"

蓦然听得耳边声音道："我就在你身边，你喊啥。"

一扭头，吓一跳："先生，你也出点声，这样会吓死人的。"

老聃不理他，自去询问非三。

原来，非三性喜饮水，先前在简园，园中辟有小池，非三随时可以饮水。这次出门，虽然也不曾断水，但中毒之后，身体恹恹，不甚喜欢饮水。这几日身体康复，渐渐有种缺水的感觉，今日忽然见到面前一大盆清水，竟如酒徒见了佳酿，哪里忍得住口，当即趴在盆上，不知不觉，竟然将一盆水喝光。然后，就醉水了。

"我们从高山峡谷下到低谷，如果走得太久，路上饮水不够，也有这种状况的，醉水，和人醉酒是一样的。"非三说。

老聃见非三醒来之后，眼神愈发深邃空明，神采奕奕，心中有些惊奇。他忽然伸出右手，迅疾无比，一掌拍向非三面门。非三面部忽然后缩，右爪拍向老聃手腕。老聃右手下沉，纵身后跃，双掌在墙上一拍，双腿笔直，如离弦之箭，直揣非三胸部。非三胸部内陷，双爪下拍。老聃顺着他的掌风，倒翻而出，双脚在房门口稳稳立住，一张脸满是笑容。

"非三啊非三，你完全康复了——应该说比以前更强了！"

莫煜厝听到屋里风声，不明就里，赶紧冲进屋里，一进门，正撞在老聃身上，一个趔趄，差点跌翻在屋门外。老聃伸手拉住他，笑道："非三康复了，我们可以顺利西行了！"

第九章 西 行

老聃在竹简上落下最后一个字，站起身，又玩味了一遍写在竹简上的最后这一段话："信言不美，美言不信。善者不辩，辩者不善。知者不博，博者不知。圣人不积，既以为人，己愈有；既以与人，己愈多。天之道，利而不害；圣人之道，为而不争。"心中百味杂陈。他呼一口长气，扔掉笔，拉了拉腰背，身上的骨骼啪啪几声脆响。他踱出房门，门外隐隐有些花香。对面山崖上的枯树，已经被嫩绿覆盖，间杂的红叶、花苞，竟点缀出些春天的缤纷。

春意深了。老聃掐指一算，入住函谷关竟然将近一月。想必西蜀春意已浓，山间冰雪融化，流水淙淙，植物丰茂，食物也不会缺，正是入蜀的好时节。

该找莫煜厝谈谈了。他四处张望了一下，院子里并没有莫煜厝的影子。想必是逛街去了。道还是太清净了点，其实，留在函谷关，有一个关令罩着，也许，这是莫煜厝更合适的生活。

非三在屋里闭目打坐，虽然他已经恢复健康，但是，好像迷上了打坐。"有点好玩。"非三说，"一闭上眼，感觉自己的曼荼慢慢转动，四肢百骸有种暖洋洋的感觉，就像在春天。"

"现在本来就是春天。"老聃笑他,"不,是每天同样暖和的春天,不是那种忽然来了冷风,让人瑟瑟发抖的春天,也不是那种太阳很猛烈,让人汗流浃背的春天。"非三怕老聃不明白,给他作了个比较。

老聃知道,这些都是那个秘境中神秘力量场的巨大作用,非三的曼荼和虎牙秘境中的秘图产生了神奇的感应。难道那里昭示着大道的本原?他想象不出,《九州大荒录》中也没有任何记载。

"哦,还有一件事,很有趣。"非三看起来心情很好,打断了老聃的沉思。"我从前和你讲过,我母亲说,我父亲是食铁兽中能力很强大的那种,他们有一种神奇的本领,叫做无中生有。"

老聃点点头:"是啊,你曾说过,他们能从虚空中变出看似不可能存在的东西。"

非三咧嘴一笑:"你还真记得。我模糊记得,有前辈在秘境中这样表演过。"他抬起双爪,对着老聃,老聃初时什么也没有感觉到,渐渐觉得胸前一股压力,袍子前摆紧贴在腹部,后摆却向后飘起,只觉凉气渗入背心,有些刺骨。

老聃道:"好,感觉到压力了。"

非三并不撤掌,压力既没有变大,也没有变小,过了一会，老聃眼前出现一颗白色的晶体，渐渐变大，非三双掌向旁边轻微移动一点，悬在空中的晶体也移开老聃胸前。忽然间，晶体快若闪电，咄的一声，插入对面土墙。老聃伸手一摸，冰凉，竟然是一块冰棱。

老聃大喜："从看似什么也没有的虚空中变出冰晶，好！果然印证了我心中的'无'。'无'是包含了一切而形成的混沌，看似空明，却无所不有，无所不在。只是凡人愚钝，被眼睛欺骗了而已！"

老聃拍拍非三脑袋："看来你已超越原来的你，你们的世界如此神奇，已经远远超出了我的想象。"

非三咧嘴憨笑，脸有得色。

门外马车响动，院门从外面打开，莫煜厝领着两辆马车进来。老聃踱出门来，看他领着人将车上的竹笋、嫩竹枝卸下，心中微微笑道：先前在简园，真是低估了莫煜厝的能力，只是把他当成了一个唯唯诺诺的小官吏，今日看来，他当一个独当一面的管家，还是绰绰有余的。

莫煜厝将箭竹拾掇好，见老聃袖着手在院子里微笑，诧异道："先生今日有喜事？莫不是书已写完。"

老聃笑道："你真是越来越聪明了。"

莫煜厝大喜，当即让兵士找来尹喜。老聃将二人召进书房，指着屋角的一堆竹简道:"都在这里了,算上先前尹喜已拿走的,总共八十一篇,凑够了九九之数。八十一篇可分两部分。前一部分释道,后一部分讲如何修德与治理天下。我的毕生修为,都在这里了。你们有了空闲,就可共同参详。"

莫煜厣喜道:"我也可以参详?"

老聃道:"是啊,就看你的悟性高低了。前些日子,我已与尹喜交代。明日,你就不用与我西行,留在函谷关跟随尹喜。做官也罢,自己找个清静处修行也罢,你们自己决定,尹喜会照顾好你的。"

莫煜厣大惊失色,"噗通"一声跪在地上:"先生,莫煜厣愚鲁,平常说话口无遮拦,惹你生气了。请先生原谅,千万不要驱逐学生!"

老聃叹口气道:"我丝毫没有怪你的意思。此去西行,渐入荒野,道阻且长。我与非三尚能自顾。你本来悟性不高,更需要时间多加修习,将来起码能在乱世中自保。"一面伸手要拉他起来。

莫煜厣泣涕道:"先生,我知道自己悟性差,本领低微,一路上是先生的累赘。但我宁愿不修大道,也要陪伴先生西行。如路遇不测,我心甘情愿,绝不拖累先生。"

老聃仰首不语。

尹喜见状，也跪下道："先生，弟子有一事相求，希望先生能让莫先生跟随你西行。"

老聃依然仰着头，淡淡问道："你反悔了？"

尹喜摇摇头："既然答应了先生，尹喜绝不反悔。但有一事，因先生专心著书，尹喜一直未曾禀报。今日著书既毕，恳请先生聆听尹喜叙说。"

老聃点点头。

尹喜于是将刘文公派人送来私信一事，细说一番，又道："先前几次出关采集箭竹，都是尹喜亲自带队。昨日刘文公的两名信使又带信前来，追问羁留先生之事。我谎报先生已经心动，需要再下些功夫。因为与他们周旋，所以未曾参与采集箭竹。先生目前既然可以动身，待尹喜安排妥当，然后与莫先生等一同西行，至我家乡上邽之后，那里离西蜀甚近，而且我们羌人专有一条入蜀的道路。先生折向南入蜀，我自与莫先生留在上邽研习大道。不知可否？"

老聃苦笑道："刘文公果然锲而不舍。既然你已先有计划，如此也好。"

尹喜道："请先生给我一日时间，后天凌晨，我们一早出发。"

老聃点点头。莫煜厝大喜："谢谢先生，谢谢关令！"

尹喜自去安排。老聃见莫煜厝垂首伺立一侧，脸上尚有泪痕，心中恻然。

到第三日凌晨，正是月隐星藏，东方将晓未晓之时，尹喜撤了暗哨，带了四名与他志同道合、有意同回上邦的兵士，骑着马，背着硬弓、刀剑，牵着青牛悄悄来到老聃住处。牛马蹄上一概捆了厚厚的麻布，行走悄捷无声。莫煜厝头日早就在牛车辖辘处加注了食油，半夜里将箭竹嫩笋嫩枝都装上了车。当下将牛车套了，非三依然爬上牛车。到了西边关门，守门军士早已候在门边，一见他们人影，立即打开关门。

尹喜守在门边，等到牛车驶远，这才对守门军士一揖，道："兄弟们，让你们受罪了。"军士们一拱手，也不说话，都垂下头，尹喜也不客气，倒转剑柄，将他们一一击昏。这才骑着马，前去追赶牛车。

五乘马陪着牛车一路逶迤西去，天色渐渐微明，只见两边山势相拥，谷底道路时宽时窄，宽时八九丈，窄时不过一丈余，两边深林茂密，山壁陡峭，当真危险之至。行了约莫五里路，天已大明，此处山谷收窄，官道上仅仅只容得下牛车通过。尹喜看看地势，道："可以了，大家暂行歇息，追兵该来了。"当下四匹马守在车尾，尹喜提了硬弓，候在队伍的最后。

不到半炷香工夫，后面马蹄声响，关丞吕三思一马当先，带着十余名兵士，中间夹着两个客商打扮的男子。吕三思一看尹喜带着4名兵士张弓搭箭，赶紧勒住马。官道太窄，五把硬弓竟然将他们前进的道路完全封住。

吕三思在马上一揖，扬声道："关令为何偷偷带了老聃先生出关？难道你忘了对文公的承诺吗？"

尹喜道："老聃先生乃国之重器，我日思夜想，总觉得强行留难老聃先生，不合礼仪，因而送他出关。"

吕三思厉声道："你我既然在文公使者面前答应留下老聃和他的食铁兽，就不能出尔反尔。今日你既背诺，休怪我不认你是关令！"

尹喜怒道："你一个小小关丞，在我面前无礼，就是有悖你的职责。你自回去守关，我就不追究于你！"

吕三思大笑道："你既得罪文公，还能当这个关令吗？"

尹喜大怒："我当不当关令，有你说话的分吗？"当即一箭射出。吕三思正笑得得意，没想到尹喜突施冷箭，竟然全无防备，眼看箭已到面前，只是将身子扭动了一下，那箭贴着手臂，扎进了袍子里。吕三思大叫一声，从马上跌落下来。其余军士脸色大变，踌躇不前。

尹喜忽然拉开牛车围帐，非三从牛车上翻身而下，一声怒吼。吕三思所带兵士一时惊叫:"神兽发怒,大祸临头!"尽皆翻下马背,就在路边跪下磕头,内中一名军士叫道:"还不赶紧先将吕大人抬回关城救治。"此言一出,兵士们七手八脚,抬人的抬人,赶马的赶马,都往关城中撤,一瞬间竟将队伍中两名客商打扮的男子留在了队伍的最前面。

尹喜拉开弓,厉声叫道:"这支箭,你们带回去交与刘文公。"两人变了脸色,扭转马头就走,背后羽箭呼啸而至,正中马臀,那马负痛,狂奔而去,转眼间就跑在了回程队伍的最前面。

尹喜见前面灰尘一时扬起,又渐渐消失,这才将弓依然背负在背上,歉然道:"但愿三思伤势无碍,要想全身而退,只有出此下策了。"

老聃道:"小伤无碍。他受此一箭,足以自保,也许还因祸得福呢。"

一行人当下驾了牛车,尹喜殿后,依然向西而去。约莫行得20里,前面山谷豁然开阔,山坡渐渐变缓,右侧山势愈来愈低,左侧山势却愈远愈高。尹喜策马走到青牛旁,遥指左侧山峰,道:"远处就是秦岭,山中多有木竹、箭竹,非三的食物,再也无忧。前去六七十里,就到桃林,也叫冲关,是渭水与(黄)河水交界处。再往西去,就是秦地800里平川了。"

老聃点点头："既入秦地，刘文公的势力就弱了，但一路行来，我总觉得山谷两侧有人暗暗监视，定是商仝一伙人还不死心。你招呼你的兵士注意安全。"

葛丹不喜欢和人交流，从很小的时候，他就觉得，人要有自己的主见，大多数的语言，不是废话就是谎话。但是，仅仅和老聃面对面交谈了两次——还是以对手的身份，却让他忽然间有了想交流的冲动。——也许是对手比朋友（或者说是战友）更坦诚。他觉得老聃并没有把他当做对手，而像长辈，是真心想对他好，想对天下的每一个人好——甚至是每一只动物，每一棵树。

"将欲夺之，必固与之"。老聃的这句话把他的心搅乱了。必须承认，老聃的话非常有道理，生活就是这样——特别是人与人之间，包括自己和刘文公。他回到窝棚，细致梳理了与刘文公差不多20年的交集，刘文公对他的付出，是为了获取更多。同样，他也怀疑老聃所做的这些，只是为了迷惑他，如果是这样，老聃希望获得的，不过是让他放弃劫夺非三。不过他很快否定了这种想法，因为他很清楚，老聃根本就不认为他有实力成为对手。至于食铁兽，你从他的眼里从未看到过恐惧，只有淡淡的、无所谓的眼神——大约真正的没把你放在眼里,就是这种感觉。

"天道没有偏爱,永远帮助那些正直有德的良善之人。到了你必须做选择的时候,你就会有答案。"难道老聃的意思,像他这样一名刺客,还是正直有德的良善之人,天道会帮助他在必要的时候做出抉择?他仰望黑魆魆的山林,不由哑然失笑。

他没有再去叨扰老聃,自己做了个套,套了两只野兔,拿到关城里,一只换了半壶酒,一只请人帮他烤熟,带回了山上。日落日出,与山林鸟兽为伴。如果不是偶尔想起远在桐柏山中的母亲和妻儿,他觉得,这样闲散自在的日子,其实也蛮不错。

也许是过于放松,这天早上,老聃的牛车已出了关城,他才看见。其实他也不用着急,老牛拉着破车,他是轻轻松松就能赶上的。更何况,商仝的眼线是全天候监视着他们。一路直往桃林近百里,他们都会在监视之中。

老聃既然已经离开,在没有更好的主意之前,他能做的,就是尾随。他收拾好东西,沿着密林下到山腰,再往下,树木稀疏,行走方便,但也容易被发现。他跟得有点慢。山谷里马蹄声急,他看到一队军士带着武器,向西而去。然后,他远远看到了对峙的场面。他听不清楚对白,但看到了尹喜射出的一箭：力量、准头、时机拿捏得极好，单纯从射箭来看，这是个高手。非三出现，士兵的恐慌、败退，一切变化顺理成章。函谷关的人内讧了，他明白，是刘文公的人发挥了作用，尹喜离开了函谷关。他摇摇头，尹喜带着四个人，转眼就成了老聃的卫队。刘文公的人看来起的是反作用。

尹喜再射马，然后两匹马从葛丹脚下的山谷狂奔而去，直奔函谷关。待两马在关中曲折处消失不见，中箭被抬的人，也站起身来，拔了拔箭头，士兵们一阵哄笑，然后牵着马说说笑笑往关里走。

原来函谷关的人并没有内讧，他们只是演了一场戏。葛丹相信，这场戏的导演肯定是尹喜而不是老聃，老聃不需要，而尹喜需要两全。函谷关的兵士夹在老聃和刘文公之间，得生存下去，他有些可怜这些人。阴谋产生在力量不对称的时候——他忽然有所顿悟，然后又有些自伤——瞬息之间，自己就变成了力量弱的一方，夹在强者之间，又如何两全？难道他也需要一个阴谋？

谷底的人各奔东西，看起来心里都很放松。葛丹愣了一会神，两端人影远去，杳无踪迹。他干脆下到谷底，沿着官道往西走。一条道奔桃林，他不担心老聃会走其他的路，也不担心老聃走得太快他会跟丢。

函谷关30里官道走完，地势略微开阔，放眼望去，老聃一行7人一车就在前方逶迤而行。两边山势依然险峻，大路两侧人烟稀少，偶有人家，也藏在山腰平坦处，茂密的树丛中，隐隐露出茅房一角。葛丹知道老聃与非三听力远超常人，不愿意他们知道自己远缀其后，仍然离开大道，进了山坡树丛之中。

又行了四五十里，天色渐渐暗下来。老聃一行边走边停，似乎在选择歇脚之处，极目远望，竟然不见人家。转过一处大弯，右面一片缓坡，树林稀疏，正好野营。莫煜厝见四周无人，拉开车围，非三从车上轻盈跳下，拉长腰身，深吸一口气，然后跟在老聃身后，一摇一摆进了丛林。几个兵士推的推，拉的拉，将牛车也拉到林中，又砍开一块空地，寻了些枯枝败叶，然后生火的、打水的、寻找野果的，看起来各行其责，井井有条。山间枯枝、野果、溪流甚是丰富，不一会，空地上篝火燃起，兵士们竟然在山中捡了些板栗、榛子，放在火中烧了，香气扑鼻。更有一名兵士，竟然采回一个野蜂蜂巢，也放在火边，蜂巢里剩下的野蜂，气势汹汹飞出来，被火舌一烤，都远遁了。

葛丹远远地找了棵大树，倚在树后，看远处篝火温暖地飘摇，一群人围着火堆分食烤熟的坚果、干肉，又有人用刀切开蜂巢,将里面的蜂蛹挑出,在火上烤了,顿时异香扑鼻,那非三却懒洋洋倚在火堆旁,捧着蜂巢,将里面的蜂蜜舔食得干干净净。莫煜厝扭头看见非三志得意满的样子,忍不住嚷道:"咦,非三,你还会偷嘴呢!"众人都忍不住笑起来。

葛丹听得笑声,更觉心中有些忍不住的辛酸。他收回目光,从包袱中拿出剩下的半只烤野兔,咬了一口。也不知是食物冷硬,又无热水,还是因为心情沮丧,一时觉得难以下咽。

好在葛丹也是过惯了饥餐露宿的日子,心中酸涩,一闪即过,并未在心中滞留。他嚼了两口兔肉,忽然听得窸窸窣窣的脚步声,竟然径直向他藏身的大树而来。他探出头,看见一个黑影慢慢过来,借着远处的火光,他看见莫煜厝小心翼翼地摸索着,离大树还有七八步远,停下来,适应一下远处的黑暗,然后小声叫道:"葛壮士!葛壮士!老聃先生说,夜凉露重,请你到那边烤烤火。"

葛丹心知一路尾随,早被老聃发现,老聃既然叫破,也知他并无歹意。他知道老聃水平,也不觉得丢脸,心中反而释然:既然已被发现,也就不用再躲躲闪闪。当即也不推辞,起身就往火堆边去了。众人早在莫煜厝座位旁,给他也用树枝、枯草搭了个座位,座位面前的灰烬里,放着些烤熟的坚果、干肉。尹喜见他坐下,伸手递给他一个陶壶,酒香清冽。老聃手里端着一个陶碗,微微冒着热气,冲他笑盈盈一举,他也不客气,仰头灌了一口,正是上好的高粱酒。

酒壶在几个兵士间传递,大家都不客气,嘻嘻哈哈一边喝酒,一边说些闲话,待得身子骨里开始冒热气,尹喜将酒壶收了,又安排轮值的兵士,其余人就在火堆附近睡了。老聃和非三却到篝火阴影处找了棵树,背靠着树歇息。

莫煜厝找了些干草,一边在地上给葛丹铺睡觉的位置,一边问道:"葛壮士,我听说你是天下刺客中的高手。你觉得是做一个快意恩仇、荡涤天下魑魅魍魉的大英雄好,还是无为而治,做一个闲适的人好?"

葛丹以为莫煜厝在讥讽自己,但看他表情真诚,并无此意,当即说道:"莫先生胸怀天下,葛丹碌碌无为,从未思考过这样的问题。"

莫煜厝道:"葛壮士不要讽刺我了。尹关令他们都说你是英雄。要说碌碌无为,只能是我啊。"

葛丹苦笑了一下:"我算什么英雄!"也不愿再多辩解,就在火堆旁睡了。

这种情形太过奇怪,葛丹自己都觉得吃惊。即使不算是敌人,他和这群人起码表面上是对手。可是对手之间卧在火堆旁休息,想想还是太奇怪。他虽闭着双眼,却没有睡意。

先前是对尹喜有些戒备，说实话，老聃强大而坦诚，尹喜却善于运用计谋，这种人须得防备。但是后来转念一想，尹喜如此死心塌地对老聃，既然都不需防备老聃，又何必防备尹喜。心放松了，四周一片寂静，只剩周围此起彼伏的轻微鼾声，但他依然没有睡意。莫煜厝说他是英雄，看来是真心的。他恪守忠义，除此之外从来不在乎别人说他是什么，但是"英雄"这个称谓还是让他心中泛起些涟漪。

值守的兵士一轮一轮换班，最后一班是尹喜。葛丹迷迷糊糊睡了一会，竟做了一个噩梦，梦见自己一剑将老聃刺死，非三跌进一个大坑里，被巫沅用迷药迷翻，然后一刀剜出他的心来。莫煜厝一个人在官道上狂奔，忽然，密林中一箭射出，莫煜厝倒地而死。

葛丹冷汗淋漓，睁眼一看，面前火堆渐渐熄灭，东方露出一丝鱼肚白。尹喜执着短剑，正在树丛边戒备。

葛丹心中大奇：老聃、莫煜厝被杀，自己为何如此紧张，竟至冷汗淋漓？他坐起来，环视一眼，莫煜厝依然睡得香甜，老聃背靠着树干，闭着眼，全身松弛，竟看不出是在闭目养神还是睡着了。

葛丹拿起自己的包裹，从火堆旁站起来，悄悄穿出树林，冲着尹喜一拱手，先下了官道，径直向桃林（潼关）方向而去。

尹喜拱拱手，也不说话，微笑着看他身影在官道上远去。他们都明白，是时候分手了。

走了四五里路，天色大明，山林间薄雾缭绕，一片淡绿。路边树林里溪水潺潺，甚是清凉。葛丹吃了些干粮，喝了几口凉水，又掬一捧水在脸上，顿时觉得清醒许多。

他想好了，继续向前，既然和商仝约定了要在桃林（潼关）见面，就不能背约。如果过了桃林（潼关），见不到商仝，那么，就按照莫煜厝说的，任务不成立，折回东方，直奔启母岭，从此后当一个采葛制麻的平民。忠义信，他都守了，剩下的，他该回去尽一个儿子、父亲和丈夫的责任。

又行了七八里，山间薄雾渐去，迎面却是一个三岔口，山谷中道路分成两条，一条径直向西，一条却折向北去。葛丹知道，此处正是桃林地盘，向北直奔黄河风陵渡，向西则进入平原，可以沿着渭水，直奔镐京（今西安）。

函谷道上不曾设伏，商仝又准备在哪里拦截？他正迟疑间，见对面丛林一动，两个黑衣人从林中走出来，前头那人，眉间一道斜疤，正是屠不恶。

难道商仝在此设伏？他又招来何等高手，能够拦截老聃？正疑惑间，屠不恶已到面前。

"葛先生一路监视老聃，辛苦了！"屠不恶一揖。

"商全派你在此候我？"葛丹还了一揖。

"不是，商全先生以为你还在老聃之后。我们在此专候老聃，有重要东西给他。"屠不恶道。

"此为分岔路口，老聃从这里一路向西。你们再不拦截，食铁兽可就西去了。"葛丹有意试探他。

"根据一路暗哨报告，今日老聃就该到此。巫沅先生已在曼陀罗山庄设好圈套，他又给了我们一幅画，要我们在岔路口等候，说是把它交给老聃，老聃自然会跟随我们进到圈套。如果老聃不去，巫沅先生还有妙招。"屠不恶一边说，一边展开手里卷着的一块麻布，只见麻布上用天然的颜料画着两朵形状完全相同的花，六片花瓣就像六条从花心里游出的鱼，同时按顺时针方向游动。两朵花却不相同，一朵雪白，中间生长着黑色的花蕊；一朵漆黑，中间生长着白色的花蕊。色彩鲜艳，摄人心魄。

"这是什么花？竟然如此奇怪！"葛丹诧异道。

"形状看起来像曼陀罗山庄的曼陀罗花，可是颜色却有些奇怪。曼陀罗山庄种植着大量的白色曼陀罗花，花蕊却是紫色的，而黑色的花，我从未见过。"屠不恶说，"这两幅画来自西蜀的释比手中，食铁兽一定认识。"

葛丹细细盯着麻布上的两朵花，想找出些端倪来，哪知多看几眼,那花瓣竟然像游鱼似的活动起来,隔了一会,竟然有头晕眼花的感觉,心中暗暗吃惊,赶紧收回目光。

"葛丹先生,你从这里向北,临近风陵渡口之时,可以看见渡口上游黄河边有一座小山丘,山丘顶上密林中藏着的就是曼陀罗山庄,那山上没有别的人家,不会走错。我要在这里等候老聃。"屠不恶细细给葛丹解说。

"不如你带我去算了,免得待会老聃一巴掌拍死你。"葛丹笑道。

"这个倒也不会,大家都知道,老聃不会杀人的。"屠不恶嘿嘿笑道,"只是食铁兽好像性情不定。那日在连昌河畔,食铁兽像疯了似的追我,至今想来仍心有余悸。所以,即使送画,我也只敢躲在暗处,不能亲自去送。"

葛丹"哦"了一声,径直去了,他一路仍有些疑惑:两朵花,就能让老聃乖乖进入圈套,会有这样的事吗?他宁愿相信这是巫沅说大话,老聃西去,而不是向北,他就可以安安心心回启母岭了。

第十章 死　地

葛丹一路向北，不到一个时辰，果然远远望见风陵渡的上游，一座圆形的小山丘，静卧在黄河南岸，与远处的关山若连若断。黄河自北方来，撞关山而折向东，此处隐约能听到河水撞击关山的轰鸣声，从山脚到山顶树木葱茏，根本不见房屋。

葛丹准备悄悄进入曼陀罗山庄，他觉得，巫沅如此自信，一定还埋藏着更多的秘密。他直奔风陵渡而去，临近渡口，再沿着稀疏的村落，沿着黄河岸边折向曼陀罗山庄。他知道，曼陀罗山中所有的眼光都集中在东南方向的那条官道上。

果然，一路无人，他顺利抵达山脚，沿着临河的陡崖，爬到半山腰，却是一个平台，台上种着木竹、慈竹，一丛丛极有规律，林间小道错综复杂，犹如迷宫。葛丹试着穿越竹林，抵达山崖，顺着小道走了一阵，竟然又回到原来的地方，心中骇然。当下顺着竹林边缘的山坡，顺利登上了山顶，回头一看，山腰下竹梢轻摇，密密匝匝，根本看不见林中有路。山顶地势却甚平坦，清一色的翠柏，高大者需两三人方能合抱。树丛中，隐约可见夯土的围墙、墙内的木楼、茅屋。

葛丹悄悄爬过围墙，庄院里并无人影，也无人声。葛丹估计商全他们都集中在庄院的南端，那里有从官道过来的大路，从南端上山，直抵大门。他借着房屋、树木掩蔽，一路向南，忽听前面木屋里隐约有人声，当即蹑手蹑脚，掩至木屋背后，悄悄躲在木屋背后的木槿丛中。那房屋甚是高大宽敞，雕花的木窗棂上挂着竹帘。此时竹帘半卷，依稀可见四五个人影。

"巫先生，这回的安排可稳妥否？"

"这次的安排已经穷尽了我的手段，若不能奏效，也是天意了。"

"没想到此次任务竟然如此棘手，老聃和食铁兽的能力远远超出了我们的想象。葛丹武功高强，可惜和我们总是不能同心。"

"哼，葛丹假清高，待到此地事情结束，我倒要他尝尝我的'诡道'，要让他求生不得，求死不成。背后这一剑之仇，岂可不报？！"

"巫先生何必在意这一剑之仇？你、我与葛丹不过都是为文公效力而已。"

"哼！我看那葛丹被老聃吓破了胆，不敢与老聃为敌，反倒眉来眼去，哪里像是真心为文公效力的样子！"

"我怀疑他已经知道文公骗他。在竹林中，他曾问过你，你的曼陀罗散是否会伤人，我记得你当时脱口而出，说绝不伤人。他当时未动声色，但后来暗哨报来的消息，他显然已经在怀疑我们这次行动。"

"文公这人，也是疑心太重。先前我忠心耿耿，他非要怀疑我与王子朝勾结。人为财死，鸟为食亡，我介绍王子朝认识楚国权贵，不过是从中挣点铜板罢了。"

"巫先生，你缺钱用，尽管开口就是。你介绍姬朝认识楚国权贵，实在有欠妥当。我一生经商，还是明白，不是什么钱都可以挣的。文公辅佐周王匄，王子朝要推翻周王匄，如果楚国同意借兵，王子朝做了王，文公何去何从？你威胁到了他的地位，如何能够不怀疑你的目的呢？！"

"那葛丹忠心耿耿，他如何又要我去试探？若不是葛丹机警，那夜不就死在我手中了！"

"哦……你不是因为要去刺杀文公，偶然遇到葛丹的吗？"

"哼，文公的鬼话你也信！他专门找人给我送信，许以重金，又说些好听的话，什么只有我的手段才能试探出葛丹的水平等等，又说，他已与我冰释前嫌。我这个人心软，一听，就离开南阳了。"

"哦……葛丹为人耿介、忠义，多年以前，我就知道，他是文公死士，文公何必怀疑于他？"

"这个我也不清楚，但文公说，一来葛丹耿介，怕他自以为是,因而坏事;二来怕葛丹久居乡下,武功生疏,成不了大事。文公说,要成大事,必须心狠手辣。如果葛丹真的因此出了意外,那也是他时运不济,也算是死士报答了主人。"

"哦……文公如此,也是因为欲得到食铁神兽,以助周王振兴朝纲。"

"我看未必,多半这是漂亮话而已。我觉得文公之心,比你我大多了。你我不过是想多挣几个铜板而已,那文公,想的大概是天下。"

"嘘……此话且不可乱讲,如若被仲礼、仲智听到,传入文公耳朵,你恐怕在南阳都待不下去了。"

"哼,那两个呆子!对了,等会老聃上山,你让仲礼和仲智同时攻他,我再以药偷袭老聃,确保万无一失。"

"你这药如此厉害,怕不怕误伤仲礼、仲智?"

"他两个既然是文公死士,做点牺牲也是应该的。何况,要除掉老聃,又要保全他二人,恐怕也不容易。"

"这个也是。只是老聃受天下人尊敬,你我却要置他于死地,想来有些不忍。"

"哼,你说这些假惺惺的干啥!这些年,死在你手下的人还少了?"

"我这倒不是假惺惺。毕竟那些死在我手下的,大多是贱民，我以发财为主，伤天害理的事情还是要少干。"

"商老板发善心了。你这脚下关着的那些珍禽异兽，有几个没有染血？屠不恶帮你经营这曼陀罗山庄，坏事还干少了？你们远赴西蜀，为了捕获食铁兽，因为当地人拦截，杀光了一个村子的人，这种事比我厉害多了，我不过拿一个释比试药而已。"

"哪里有一个村子的人，不过几户人家而已。这些人生性愚蛮，给他们那么多钱，他们不帮我们不说，还要想尽一切办法阻止我们。我们也是实在没法，才出此下策。屠不恶这张嘴，两口烂酒一喝，就开始胡乱说话。"

"出此下策？哼哼，食铁兽好好地生活在西蜀，影响了你的生活？你们非要捕获他？"

"天下攘攘，皆为利往。没有利益，就没有杀戮。你知道的，我本来就是商人嘛。"

"你既为利，当年如何又白白将食铁小兽送与苌弘？若当时杀了，也不至于今日奔波。"

"嘿嘿，这个却不是白送。那时，你还在沅水，我们都知道，中原地方根本养不活食铁兽——何况，即使能养，谁又可以预见将来会出什么事情呢？这种风险太大的事情我是不会做的。我本是准备将小兽悄悄杀了，正巧那日文公派苌弘大夫前来督视,那苌弘知天文,懂造化,又是蜀中人士,当地习俗,素来将食铁兽敬为神,他与这些神物,又有些渊源。他一看母兽死得凄惨,小兽又如此可怜,心中不忍,向我要这小兽,要放去自生自灭。说实话,当时那小兽长仅两尺,重约四五十斤,黑眼圈黑鼻头,可爱至极,我真心不忍杀他。既然苌弘大夫已开口,也是为我免去孽债,我也就做个顺水人情。后来得他在文公面前说话,我的生意因而越做越大,岂不是赚了?"

"哼哼,你倒是赚了,害得我今日辛苦,背心上挨了老聃一剑柄,至今还未曾完全恢复!"

"你就是因为挨这一剑柄,才定下计策,非取老聃性命不可?"

"难道你不想取老聃性命?"

"只要老聃愿意退出,我何必取他性命?"

"呵呵,你是把我当傻瓜了吧!前些日子,暗哨来报,说是老聃给尹喜写了一卷修仙得道的书,你没瞧你当时那猴急样?估计心里早就在打算如何得到了吧?说实话,我也好奇。你我现在只有同心协力,取了老聃性命,其他人就不足为惧,不管是修仙的书,还是食铁神兽,自然手到擒来。"

"这倒也是。"

"报……老聃一行已临近山脚。"一个人气喘吁吁地从门外奔进来,正是屠不恶的声音。

"真的?屠不恶,你带几个人,多带弓箭,埋伏在树林中,等会他们上山之后,你们就负责断他们后路。一旦开始动手,不要声张,直接射杀尹喜和那几个兵士。"

"是!我也正好报他们偷袭之仇。"屠不恶答应道,匆匆出了屋门。

"嘿嘿,听听你的安排,还说自己有善心。"

"既然要遵循先生计划,我们当然就要考虑周详些,射杀这些兵士,也是情非得已。不过,先生神机妙算,真是让人敬佩。我就不明白那老聃如何会乖乖上山来。要是我,径直向西,直奔目的地而去。"

"嘿嘿,这就是商人和圣人的区别。至于内中原因,待会食铁兽到手之后,我再慢慢给你分析。赶紧准备动手。"

屋里一阵噼噼啪啪的脚步声。葛丹在外听到这里,心中疑惑顿解。忍不住就要拂袖而去,心下又有些好奇,却不知道巫沅如何置老聃于死地,也不知道巫沅将来会用何种手段来让他求生不得,求死不能。当下见到有人从屋里出来,四处散开,怕被人发现,便沿着檐后墙角的一棵银杏,翻身上了屋顶,屋顶宽阔,七八间房屋连成一片,他当即在屋脊交接的凹陷处藏了下来。这一片房屋正在山庄的东南角，正占据了整个山庄的最高处。距离南大门不过二三十步，大门颇有气势，松木的门楼，上面覆盖着厚厚的茅草，大门正对着一个水池，一条小渠弯弯曲曲连接到西边一排女贞树，渠中卵石铺底，流水淙淙，清澈可见。女贞以北，几幢茅屋围成一个方形，中间一片空地上种满灌木，高不及腰，嫩叶密布，狭长的叶片上反射着亮光。

葛丹正在四处探看，忽听大门口脚步声响，只见仲礼、仲智腰挎长剑，站在水池旁边，巫沅穿了褐色的长袍，在大门口审视一番，轻轻越上门楼，就在那茅草中伏下来，晃眼一看，根本不见人影。

这时候，山道上，一名黑衣人带着老聃和非三慢慢走来。

老聃并没有见过真正的曼陀罗花，当他看到黑衣人手中的布画，他有些震撼，那种小鱼的游动感，让他一瞬间就想到了非三所说的秘境。他知道，这两朵花和非三有密切的关系。

"巫沅先生说了，这两朵花与食铁兽有极深渊源，食铁兽所中之毒，也可因此而解，你若给食铁兽看了，他自然明白。巫沅先生又说，你们一定对布画背后的故事感兴趣，他会在曼陀罗山庄静候你们。如果你们愿意，我将带你们前往。"黑衣人说。

老聃听得远处密林中轻微的呼吸之声，知道这黑衣人尚有同伙，也不说话，伸手接了布画，沉思片刻，掀开牛车围帐，递与非三。

非三一看布画，神色大变。老聃以为画中游鱼触动非三曼荼，当即伸手就去取回。非三叹口气道："何人如此厉害，竟有此物？"

老聃心中吃了一惊，说道："现在正是这群意图拦截我们的人持有此画。这画中所示，绝非曼陀罗花，但仿佛有更多暗示。巫沉说此画中有秘密，还可因此解你所中药物之毒，难道与你所说秘境中能量图有关系？"

非三道："这个我并不知道。此画我见过一次。我们领地周围，尚有少许羌人，他们奉我们为神，极是敬畏，常以蜂蜜等为供品。他们的释比，有些神奇本领，能与我们进行简单的交流。这幅布画，就是他们族中的释比拿给我母亲看，我当时见过一眼。"

"释比为何专门拿此画交与你母亲看？"

"我出生后不久，父亲即失踪，我与母亲相依为命，一直痛恨父亲不负责任。母亲虽时时宽慰我，从无怨言，但她眼神中的失落，我长大之后回想起来，也很能明白。第二年春天，山上冰雪未化，我随母亲下到低谷，因为跋涉几日，也许是母亲过于劳累，也许是她心情不好，总之，刚好下到山下，母亲竟然醉水，当时被一个衣着奇怪的人发现，整整守了她一天。母亲醒来之后，那人与母亲交流，当时展开了这幅布画，说是要给母亲。母亲看了之后，说，这是人类应该保存的东西，让他好好收藏。后来，母亲的心情好了许多。她跟我说，那个人是释比，先前就与父亲熟悉。这次，他到深山采药，迷了路，居然见到我的父亲。父亲让他画了这幅布画，告诉我们，他到了那个直达西昆仑的秘境，做了曼陀罗的守护神。母亲说，这幅画还有秘密，只是我太小，说了也不懂。"

老聃惊奇不已。

"我记得从前看这幅画之时，只是两朵花而已，现在看这幅画，曼荼流转不停，似乎暗流涌动，却不知是福是祸。只是此物为何从释比手中流出，我却不明白。"

"如此说来，持有这幅画的人，应该知道画的秘密。既然现在他们拿了这画上门，那么一定知道了布画的秘密。他们定是设了埋伏，要以此诱惑我们入彀。"

"食铁兽的秘密，应该掌握在我们自己手中。"非三慢悠悠说道。

"如此说来，你是要去见一见巫沅，听他讲一讲这幅画的秘密？"老聃微笑道。

"愈往西行，我感觉自己曼荼之力越强。母亲已死，他们的秘密不该掌握在一个有邪念的人手中。"非三道。

非三虽然语气平和，但老聃深知他的轻描淡写之后，隐藏着强烈的愿望，当即将尹喜招呼过来，要他带着人就近找个僻静地方等候，他与非三自去曼陀罗山庄。若两日之后不曾回来，他们自去上邽修行。尹喜哪里肯听，连莫煜厝也认为老聃是置他们于不义之地。当下商量一阵，尹喜带人在庄外策应，如果真是陷入死地，尹喜立即西行。

尹喜见老聃态度坚决，勉强答应。当下一行人折向北方，往曼陀罗山庄而来。老聃见山上植被茂盛，恐多埋伏，坚决让尹喜留在山脚，自己带了非三，慢慢上山而来。

走近山门，门侧立着两名黑衣人，面容肃穆。仲礼、仲智正对着大门，按剑而立。门内流水脆响，山林之中鸟鸣婉转，一派怡人风光。老聃笑道："承蒙巫沅先生相邀，为何不见其人？"

仲智冷笑道："若要见巫先生，先过我二人这一关。"

老聃正色道："何必打打杀杀，圣人之道，为而不争。我们都应如此。"

仲智道："老聃不过巧言令色之徒。我前些日子疏忽，败在你手下，今日定要和你好生一战。"

老聃摇摇头:"年轻人,何必如此固执,顺其自然有何不好?"

正说话间,非三忽然被什么吸引了,他使劲嗅嗅空气,绕过水池北面,慢慢向庄院的西北角而去。老聃余光所及,心下大惊,当即道:"非三,不可冲动!"非三嗅着空气,并未停下。老聃大急。

仲智面露得意之色,他向仲礼使一个眼神,忽然将脚在地上一跺,两柄长剑忽如毒蛇一般向老聃刺去。

老聃心中正急,脚下忽然下陷,心中大惊,自己所站位置,竟然是一个陷阱。脚下发力,刚要蹿起,腰侧两柄长剑已至。头顶上,一团褐色人影忽然从门楼上斜扑而下。

老聃轻挥袍袖击在剑身之上,又借这一击之力,向后飘去,眼看头顶人影直扑而下,右掌当空挥起。老聃眼看着无可躲避,竟要硬生生被他压到陷阱之中,忽然间,那斜扑之人空中一个翻滚,竟然垂直落下,噗通掉在地上,地面一阵褐色的烟雾扬起,一个灰色的包袱瞬间消失在陷阱口。老聃强提一口气,借着人影下坠之风向外飘去,堪堪落在陷阱边上。

这一下变故极快,只在电光火石之间。老聃长出一口气,这才看见空中一人,倒翻而出,落在大门口,一阵剧烈咳嗽,那人正是葛丹。

仲礼、仲智一击不中，早已退后，一见地上褐色烟雾，更是连退几步，已到水池尽头。而非三听得背后响声，刚刚回头。

老聃暗叫一声：好险！眼前噗的一声，包袱落在陷阱底部的声音才传上来。黑乎乎的陷阱竟然是一口七八尺见方的深井。要是非三不是鬼使神差，往西北方去了，和他站在一起，说不定就掉下去了。

地上褐袍人摇摇晃晃站起来，脸色苍白，胸口插着一柄短剑，血顺着剑柄汩汩流下。他伸手指着葛丹道："你，你这个吃里扒外的蠢货！"

原来葛丹手握短剑，俯身在屋脊凹槽处，见老聃进了大门，仲礼、仲智在水池边拦截，趁着老聃分神之际，仲智一脚踩下，启动了陷阱开关，然后巫沅从空中扑下，要将老聃逼落陷阱，不禁感叹巫沅计划周详。当即无暇细想，将背上包袱砸向巫沅右手，随即飞身而出，要阻止巫沅扑下。哪知道巫沅被包袱一阻，空中一扭身，左手毒粉扬手而出，葛丹不及躲闪，心中大怒，右手短剑再不留情，直刺而出，正插在巫沅心口。

葛丹咳嗽稍止，脸色灰败："你既然敢给文公下毒，我无法劫夺食铁兽为文公解毒，但杀你也算是为文公报仇，不算负了文公嘱托。"

仲智大骂道："葛丹你这蠢人，文公根本未曾中毒，我们本来可以一击成功，你杀了巫沅先生，让我们功败垂成，你还有何脸面去见文公？"

巫沅阴笑道："他永远也见不到文公了。他身中剧毒，连今天晚上的月亮也见不到。"

葛丹出手，本来只是为了阻止巫沅击杀老聃，却无杀巫沅之心，但中毒之后，一举击杀巫沅，几乎只是习惯使然。此时头脑清醒，深知自己虽死无憾，但仲智等人若以自己为救老聃而阻杀巫沅，以背叛之名报知刘文公，并因此祸及自己母亲、妻儿，却是大为不妥。当即一口咬定，自己是为文公复仇。仲智如此骂他，他也不以为忤，仰头大笑道："仲智，休得胡说，文公岂可骗我，今日能为文公报仇，虽死无憾！"

巫沅气极，伸手要拔胸口短剑，老聃伸手道："且慢！"

巫沅转眼瞪着老聃，狂笑道："你想知道布画的秘密？到九泉之下来找我，我慢慢告诉你。"说罢，拔出心口短剑，作势要掷向葛丹，哪知心口鲜血一刹喷出，立即双腿软曲，倒地而亡。

葛丹脸色愈加发黑，他慢慢走到巫沅身边，伸手抓起短剑，走到水池边，凹着一只手掌，舀了水，将短剑全身洗过，这才站起身来，一看鲜血喷出，登时，面前的池水就红了一大团。

这时候，门外奔跑声急，屠不恶带着两个黑衣人冲进来，背后尹喜带着两名兵士和莫煜厝跟了进来，一名兵士后背插着一支羽箭，莫煜厝手中也提了一把明晃晃的短柄砍刀。

葛丹并不看进来之人满脸诧异，他捧着剑，对仲礼揖道："仲礼兄弟，那日你陪同刘管家到寒舍邀我出山，后来文公告诉我巫沅加害他一事，你也在现场。今日我虽未劫得食铁兽，但既杀巫沅，也是为文公报仇，虽死无憾……我想请你将今日之事告知文公，并请你将我短剑托人送回老家，交与我的家人，让他们安心农事，不必再牵挂我。"他说得极为缓慢，言毕，又是一口鲜血，喷得胸前衣襟鲜红。

仲礼犹豫道："这事我却不能做主。"

仲智哼了一声，冷冷说道："坏事之人，我们为何要满足你愿望？！"

葛丹不再说话，他慢慢坐到地上，皱着眉头，紧紧咬着牙关，看似毒性在体内发作，十分痛苦。

非三看见屠不恶站在远处，忽然一声怒吼。屠不恶听见吼声，抬头看见非三，直奔右手屋内而去。

"仲礼、仲智，你们先回屋里，老聃先生，你如欲知晓布画秘密，可以进来找我。"商仝在右边厅房里朗声说道。仲礼、仲智带着人赶紧撤回屋里，跨过门槛之时，仲礼回头望一眼葛丹，满脸不忍。

老聃在葛丹面前蹲下来，右手食指、中指搭在葛丹手腕上，莫煜厝围上来，满脸焦急。

葛丹苦笑着摇摇头，声音微弱："老聃先生，你不用看了，毒性已入内脏，且夕而已。"

老聃面色凝重："葛壮士舍生救人，怀善念，行善举，实属了不起的人。壮士有何愿望，可以托付老聃的？"

葛丹淡淡一笑："我既以此为生，就做好了横尸荒野的准备。只是家中老母妻儿挂念，如果方便，请先生将来带个信到桐柏山启母岭，让他们照顾好自己。"

老聃点点头。葛丹笑笑："先生，我知你们西去，而启母岭却在东南方向，如若先生有熟悉的朋友有缘去到桐柏山，可以我短剑为信物。"

葛丹脸部扭曲，显得痛苦至极，他俯身向下，又是一口鲜血，竟至委顿在地，气息渐渐弱下去，直至全无。

老聃仰脸向天，莫煜厝低头垂泪，非三一声怒吼，尹喜等人都默然不语。

"走吧，先找商仝。"老聃叹口气。

屋门洞开，尹喜仗剑先入。七八间房屋空荡荡的，门窗紧闭。只有厅房西北角地板翻开一块，露出一个黑乎乎的洞口，洞口向下的阶梯整整齐齐，里面隐隐约约透出光亮。非三趴在洞口使劲嗅了嗅，脸上写满了疑惑。

"怎么了？"老聃问道。

"一种来自记忆深处的、非常熟悉的味道。"非三眼神有些迷离。

老聃心中一动，当即吩咐尹喜守住洞口，又从莫煜厝手中取了砍刀，带着非三入了地洞。下得十余步，便是一个地下长廊，宽约四五步，可容四五个人并行，两边黄土壁上掏有凹槽，槽中放置油灯，油烟上飘，竟似有专门通向地面的气孔。长廊尽头，豁然开阔，中间一个大厅，四面都有廊道，廊道两侧，全是房间。非三朝空气中嗅了嗅，朝着北边的廊道走去，几回转折，气味渐浓，前面隐隐约约传来狗吠声、鸟鸣声、动物压抑着的低吼声。

"就是这个方向。"非三道。廊道里光线昏暗，嘈杂声渐大，墙壁上忽然伸出一支长枪，直奔非三。非三虚眯了眼睛，竖着耳朵，听得风声，也不扭头，一爪拍去，长枪断为两截，墙里哎呦一声，似乎有人受伤。一路折断几只长枪，面前忽然开朗，只见廊道两侧整齐列着数百个兽笼，虽空着一大半，但那些笼子里关着的猴子、野狗、野猪、土狼、黑熊、老鹰、孔雀数量却不少，一见非三进来，一时叫的叫、吼的吼，声音巨大，震耳欲聋。非三径直走到廊道尽头，面前竟然是一间巨大的石室，看起来是将天然的石洞加工而成。洞高一丈有余，北面一排圆孔，透进明亮的光线，风从孔洞里吹入，带着植物的芬芳。东南角一股山泉从石缝中流出，沿着石壁下潺潺而去，又从东北角一个洞隙流出。东面石壁沿着溪流，摆放着几张案桌，洞顶吊着两副金属吊钩，西面的墙壁上挂着七八张兽皮。

老聃默然，这里竟然是一个屠宰场。

非三黯然道："就是这里了。记得当时秋天，虎牙已下过第一场小雪，满山红叶，夹着星星点点的白雪，十分美丽。我那时候甚是顽皮，一日耍得十分疲倦，日落之时，就在溪流边畅饮，一时忘形，竟然醉水。母亲一夜守候，却不知有歹人窥视，趁她凌晨时候疲倦，竟然用巨网将她罩了。我也未能幸免。后来我们被车载船行，来到这里。母亲当时已经被绑到这个吊钩上，一个眉上有一道斜疤的人，持了尖刀已经在母亲的身上比划。不知为何，那些人又改变了主意，把我们装上船，运到了洛邑。站在这里，我依然能见到母亲当初绑在这里之时，眼神中的绝望。"

老聃没有说话，他知道，当年若不是刘文公要见到一张真正有神力的食铁兽皮，非三母子就在这里丧命于屠不恶的刀下了。

也许是此地杀戮过多,怨气沉积,空气中自有一种压抑。背后鸟兽渐渐安静下来。忽然间,一只猴子吱吱吱尖叫起来,老聃顿觉有异,正要回头,忽听背后破空之声尖锐异常,知是背后有人偷放冷箭,当即反手一刀,磕飞一只羽箭,顺势转身,四名黑衣人一字排开,正在廊道中间放箭,中间相隔三四十步,端的是有恃无恐。老聃挡在非三前面又磕飞几只羽箭,那几人壶中羽箭充足,箭法精准,老聃左支右绌,情形竟十分凶险。非三回过身来,借着昏暗的灯光,一名黑衣人眉间一道斜疤分外醒目。非三眼神凛然,伸出前掌,两步以外,一颗冰晶渐渐形成,他前掌忽然一推,一道亮光一闪,屠不恶顿时委顿在地。

老聃低喝一声:"无中生有!"

非三见屠不恶倒下,忽然一声长啸,有如天边滚过一串闷雷,洞里关押的动物竟然一齐回应,一时间,声若惊雷,老聃只觉心跳加速。余下三人脸上尽皆失色,手脚发抖,转身走了两步,竟然有两人委顿在地,晕了过去。

老聃提刀追了出去,只见那人出了廊道,向右转去,老聃跟随出去,转角处偶然见到一两个黑衣人,竟然大多脸色苍白,顿在地上不敢动弹,偶有出手的,也被老聃毫不客气,掌击脚踢，打翻在地。拐得几拐，正有一道石门半掩，门外甚是明亮，黑衣人从石门一闪而出。老聃也不迟疑，快如闪电，紧贴那黑衣人闪出石门，随手一掌，拍在那黑衣人颈上，那黑衣人顿时倒地，却是仲智。

老聃微微一笑：顺其自然，不算偷袭。

远处水声轰隆，黄河在山脚下滔滔东去。门外一片竹林，一条小径弯弯曲曲，铺满落叶。商仝站在小径口上，仲礼持剑站在他旁边。仲智与老聃先后冲出，及至仲智倒地，竟如兔起鹘落，只在一瞬，仲礼与商仝完全来不及反应。

"商仝留下，你可以带着他离开。"老聃用刀尖指着地下的仲智，对仲礼说。

"这……"仲礼显然还难以接受眼前发生的一切。

"你虽未答应葛丹，但你最后看他那一眼，说明你还心存善念。我不与你为难，仲智醒后，大概反应会有些迟钝，过去的事不一定能够想起。你带他回刘文公处也好，自去乡下隐居也好，可以自己选择。但若要回刘府，你可转告刘文公，多行不义必自毙。"

仲礼扭头看一眼商仝，有些迟疑。商仝叹一口气："你自去吧，老聃若要强留，依你我二人之力，不过以卵击石。好在老聃不伤人性命，你也无需为我担心。"

老聃冷冷道："我虽不伤人性命，但也可让你从此活着如同行尸走肉。你好好回答我，也许还可以全身而退。"

仲礼自去背了仲智，穿林间小径去了。

商全也不紧张，冲老聃施礼道："先生有何问题，尽管开口。"

老聃心中疑惑甚多，比如，当年为何要到虎牙捕获食铁兽？他私下屠宰野兽经营了多久？刘文公与他之间到底还有哪些见不得人的秘密？脑子里一转念，知道这些又怎样？天道自在，何必代天道惩罚于他。

心念及此，当下淡淡问道："刚才你在厅房中大呼，布画的秘密你知道，现在请你告诉我就是。"

商全脸色连变几次，平静下来，说道："先生……"

老聃打断他："不要叫我先生，我听着刺耳。你我非同道中人，我也不敢有你这样的弟子。"

商全脸红了红，道："我其实并不知道这个秘密，布画也是巫沅在山庄设了埋伏，要引诱你们进入才拿出来作诱饵的。山庄的埋伏本来也准备了两手：一手是地面，一手是地下。不期巫沅在地面竟会被葛丹击杀，他两人本来互相不满，一山不容二虎，但因此却导致这个计划满盘皆输。我只是一个贪利的商人，心有不甘，要引诱你们进入地下，作最后一搏，哪知最后还是完败!"说毕,他长叹一声。

老聃知道商仝这类人,最擅长巧言令色,但此话听来,却也实在有理。当即沉吟不语。

忽然之间,一个人狂奔而出,擦着老聃和商仝身边,奔入竹林之中。老聃正在诧异,后面又奔出两名黑衣人,也是如此。正疑惑间,一阵沉闷的蹄声,一头狼忽地冲出,紧跟着一群动物鱼贯冲出,老聃大骇,飞身跃到竹竿上,一只孔雀飞出,差点撞在他身上。一时间,只见脚下动物,正如滚滚洪流,碾压而过,商仝不及躲避,被一头野猪撞翻在地,来不及爬起,竟被无数只兽蹄踏过。石门本来半掩,不断有野兽撞在门上的咚咚声,到了后来,一只灰熊竟将石门直接撞倒。道路通畅,动物一刹而过,瞬间跑得干干净净,只留商仝躺在小径上,动也不动。

老聃从竹上下来,看商仝一身骨头被尽数踩断,衣服上全是蹄印,趴在地上只有出的气,没有入的气。心中感慨:天道惩处,竟然来得如此之快。

当即他循着原路返回,在墙角处还躲着一两个黑衣人,正在瑟瑟发抖。非三站在打开的笼子面前,傻乎乎地笑,一只猴子在空笼子上翻上翻下,屠不恶躺在地上,额头一个小孔,早已气绝。他一声喟叹,带着非三,仍从原路回到地面。

尹喜与莫煜厝四人，见到老聃和非三平安上来，尽皆大喜。尹喜带人进入地道，将那些受伤的、吓坏的黑衣人带到地面，安排了个领头的，妥善安排山庄后事。老聃忽然想起非三初进山庄之时，被吸引之事。非三道："还是那种熟悉的，非常遥远的味道。"

老聃笑笑，跟随非三到了西北角，只见一片灌木碧绿，叶面闪着油光。非三道："就是这种味道，曼陀罗。未曾开花，却不知道是什么颜色。"

"发芽开花，符合自然之道。花无过失，都在用它之人的心术。"老聃缓缓说道。

尾 声

莫煜厝找来工具,要葬葛丹。老聃道:"且慢。尹喜,我听闻西北有火葬之法,是否?"

尹喜点点头:"是。特别是出门在外之人,如果客死异乡,都以火葬,然后以陶罐装其骨殖,再带回家乡土葬。"

老聃道:"既然葛丹已托我带信,不如将他火葬,然后将骨殖与短剑一起择日送回桐柏山启母岭,岂不两全?"

尹喜点点头,当下找了些干柴,将葛丹火化,用陶罐装了,五人一兽,这才下山。山脚下,两名兵士守着牛车,正望眼欲穿。

眼看天色已晚,一行人依然沿着来路,向南而去,中途找了个宽敞林地,将就住宿一夜。这一夜,再无追兵暗哨,众人都睡得十分香甜,老聃与往日一样,无喜无忧。莫煜厝却辗转反侧,一夜未曾睡好。

第二日一早,一行人继续向南,眼看将到三岔路口,莫煜厝看老聃坐在牛车上,两眼似闭非闭,终于忍耐不住,问老聃:"先生,你昨日答应要帮葛丹先生送信回乡,你是如何安排的?"

老聃睁开眼:"看机缘吧。"

莫煜厝叹口气:"先生,葛壮士有恩于我们,在莫煜厝眼里就是大英雄。先生西去,与葛丹家乡背道而驰。莫煜厝日思夜想,先生护送非三西去,也是大事一件,莫煜厝无能,不能帮先生分担。不如前面分手,我自向东,送葛丹先生骨殖和短剑回乡,也算尽了一分责任。"

老聃摇摇头:"不可,此事我自有安排。"

莫煜厝道:"先生,我知道你不放心我一人东去。我与你同行一月有余,一路学到不少经验。我知道先生总想一力承担,为何不可以给我一个独立担当的机会呢?"

老聃见他态度坚定,微微笑道:"你既如此自信,那就担此重任。东去之后,如你还愿意回来,就去上邽找尹喜,他会在那里等你。我带非三入蜀,你我如果缘分未尽,定会再次见面。"

眼看着岔路已到,莫煜厝收藏好短剑和装着葛丹骨殖的陶罐,挥泪与老聃作别,他也不会骑马,依然步行,向东而去。老聃见他背影消失,这才折身向西。

莫煜厝历尽艰辛,抵达桐柏山启母岭下,完成葛丹遗愿,一年后重回上邽,这是后话。

老聃一行进入平原,将青牛送与农家,套了两匹马,拉着车继续向西,一路过岐山经镐京至上邽,一路走走停停,留下不少讲经参道的故事。到了上邽,却是尹喜故乡,招待更是周到,加上民风淳朴,百姓敬神畏道,老聃与非三日日被奉为上宾,到处讲经论道,不觉已至秋凉。这一日,老聃将尹喜招至跟前,道:"我所著体悟,你也参详甚是清楚,以后自己慢慢领悟,必能将大道发扬光大。我一路耽搁甚多,当在大雪封山之前进入蜀地。你我今日就此别过。"

尹喜垂泪道:"今日一别,竟不知还有无缘分再聆听先生教诲!"

老聃仰望天空,看流云飞舞。过了片刻,他点点头:"3年之后,你可入蜀,你我应当还有一面之缘。"

尹喜也不再挽留,找了先前安排好的羌族向导,带着老聃直抵西蜀。一月之后,一只血鸽飞来,尹喜收到字条一张:"已到,甚喜。3年后,带此血鸽入蜀。"

3年后,尹喜入蜀,在益州青羊宫得见老聃,两人彻夜长谈。尹喜受益甚多,后离开益州,落脚武当山,终于修成大道。老聃自回西蜀,不知所踪。